OIKEA INTIAANI

© 2019 Heikki Rainio
Taitto ja kansi: Books on Demand
Kustantaja: BoD – Books on Demand, Helsinki, Suomi
Valmistaja: BoD – Books on Demand, Norderstedt, Saksa
ISBN: 978-952-80-1306-8

Heikki A. Rainio

OIKEA INTIAANI

1

Vuori

Tessalle

Munkki Rasputin opetti, että ihmisen on ensin
tehtävä syntiä voidakseen tuntea katumusta,
mikä tuottaa ilon.
Olisiko mahdollista saavuttaa kaksinkertainen
ilo valitsemalla syntinsä?
Jälkeenpäin tarkasteltuna opettaja itse toimi
kaksinkertaisen ilon taktiikalla.
Seuraajat ovat unohtaneet katumusvaiheen,
tyytyvät yksinkertaiseen iloon ja arvovaltaan.

1.

Solvalla, portti Nuuksion kansallispuistoon.

Laajalle parkkialueelle kaartaa tuiki tavallinen Rover-merkkinen henkilöauto. Eletään yhdeksänkymmentäluvun loppua. Rover ei pysähdy lukuisten aiemmin saapuneiden, parkkeerattujen autojen tapaan lähelle huoltorakennuksia, vaan jatkaa kohti parkkialueen kaukaisinta reunaa, täysin tyhjää aluetta. Auto pysähtyy, auto oli lähtenyt Helsingin Marjaniemestä alle tuntia aikaisemmin, kuten kuutena edeltäneenäkin lauantai-iltapäivänä. Rover viettäisi yönsä sille tutulla paikalla Pohjois-Espoossa.

Pilvetön, tyyni ilma lupaili tähtikirkasta, kylmää yötä, olihan huhtikuun viimeinen viikonloppu, pakkanen saattaisi yllättää.

Reppuselkäisiä retkeilijöitä palaili parkkialuetta reunustavista metsistä harvakseen kuka mistäkin, joku yksin, jotkut kaksin tai pieninä ryhminä, yksikään ei ollut lähdössä, vaikka joskus parkkipaikalla näkyi retkeilijöitä, jotka harrastivat yösuunnistusta tai nauttivat laajojen erämaiden pimeydestä, silloin metsä eli, heräsi yöhön, äänet korostuivat, kun kulkijan kuuloaisti korvasi silmät.

Metsässä parkkialueen pohjoispäätä lähestyy reilusti keski-iän ylittänyt pariskunta, mies on ulkoministeriön virkamies ja vaimo opettaja. Mies erottaa pajukon takaa parkkialueen, pysähtyy, riisuu repun selästään, pudottaa sen maahan, kuivaa nenäliinalla otsaansa, istahtaa kivelle, katsoo askelmittariaan, hämmästyy:

– Melkein viisitoista kilsaa. Ennätys. Puhalletaan hetki. Onneksi laitettiin lämpimästi päälle, koko ajan kylmenee. En olisi ikinä uskonut, että löydetään korvasieniä, yleensä ne nousevat toukokuun puolella, hyötyliikuntaa, viimeinkin ymmärrän termin.

– Kuivataan, säästetään jouluksi, kun koko porukka on koolla, sanoi vaimo ja katseli tyytyväisenä miehensä punertavia poskia, tervettä väriä, miettien niitä ponnisteluja, joita oli tarvittu viisi vuotta aikaisemmin lukutoukan kampeamiseksi luontoon. Edelleen jokainen lähtö vaati suostutteluja, ne vaimo osasi ja miehen orastava diabetes pysyi kurissa liikunnalla, ei ruokavaliolla, sillä nainen tiesi miehensä muistavan töissä nautittujen lounaiden koostumuksen väärin. Kotona tarkka kauppatieteiden tohtori muuttui dementikoksi, miehen sihteeri oli vahvistanut vaimolle ihmeen.

Nainen istuutuu laakealle kivelle miehensä viereen, noteeraa opettajan tarkkanäköisyydellä kaksi tapahtumaa samanaikaisesti: Eskon käteen ilmestyy Marlboroaski ja parinkymmenen metrin päähän pysähtyneestä autosta putkahtaa ulos erikoisesti pukeutunut mies, joka aloittaa verryttelyjumpan: taivuttelua, hyppelyä ja kansakoulusta tuttua liikettä: Portti auki – portti kiinni... Nainen oli harvoin nähnyt niin komeaa, nuorehkoa miestä. Voimistelijan silmät paloivat innosta, aivan kuin omien lasten silmät olivat loistaneet jouluisin vuosia sitten, kohta avattaisiin paketit...

– Esko-kulta. Vain puolet tupakasta. Loput säästetään iltasauhuiksi.

Mies murahti, tunsi jääneensä nalkkiin, kuten viisitoistavuotiaana Norssin piharakennuksen takana.

Söden, sen päivän järkkärin, kimeä huuto oli kuulunut kaukaa ja korkealta, luokan avoimesta ikkunasta:

– Nuijat! Savu nousee! Stumpatkaa! Pikku-Matti tulee!

Muut stumppasivat. Esko kokeili rajoja. Voimistelunopettaja saalisti. Millä oikeudella? Silloisen Eskon mielestä rajat ja oikeudet piti sisäistää...

Käytöksen alennus ja kaksi tuntia taululle piirrettyä pistettä tuijottaen. Se ei kirpaissut pätkääkään, ainoastaan se, että äiti oli kotona Tunturikadulla sanonut: "Meidän Esko", sitten äiti purskahti itkuun. Isäkin oli tullut illalla kotiin jostain kokouksesta, kuittasi tapahtuman lyhyesti: "Tyhmyyttä. Jos mieli palaa ammattikouluun, niin mikäs siinä. Opit muitakin kädentaitoja... "

Kivellä istuva mies sytytti tupakan, pohti rehellisyyden ja salaamisen etuja, unohtamista hyveenä sekä paheena. Mies poltti kolme tupakkaa päivässä, puolikkaan kerrallaan, tiesi, mitä addiktio merkitsi, tunsi jääneensä nalkkiin, stumppasi kokemuksen suomalla taidolla savukkeen tarkalleen puolivälissä, laittoi jämän takaisin askiin. Mies katsoi kaunista vaimoaan, Ritvaa, sitä ikuisesti samaa Apollon yhteiskoulun tyttöä, joka ei tupakoinut.

Eskoa harmitti. Ritva keskittyi autosta nousseen tyypin lapselliseen viuhtomiseen:

– Kahjo, intoilija, päätteli Esko, kun tyyppi lähti juoksemaan käsivarsiaan pyöritellen kohti huoltorakennuksia, noin sata metriä juostuaan kahjo pysähtyi, kääntyi, juoksi hurjaa vauhtia takaisin ja sama uudestaan. Ritva kuiskasi:

– Pikajuoksija? Tunnetko? Seuraat kisoja. Hienosti leikattu, lyhyt, kihartuva parta ja kauniisti aaltoileva, vahva, musta tukka, ei liian pitkä, eikä lyhyt, hurmuri. Erikoisesti pukeutunut, aika kevyesti. Tutun näköinen?

– Veikkaan vankikarkuria. Ottanut hatkat vankilan pesulan ikkunasta päällään aluspaita ja lyhyet kalsarit, anastanut pakomatkallaan sukat ja kengät, kuiskasi Esko, muisti, juuri samalla hetkellä, kun Ritva sanoi:

– Villa Haikko, viime kesäkuu, Saksan suurlähetystön kesäkutsut. Päivälliset. Se komea mies, joka istui toisen komean, kyömynenäisen miehen kanssa takapöydässä. Sanoit, että se toinen mies on Tornin toimitusjohtaja. Asu hämää, silloin hurmuri oli tiptop. Muistatko?

Esko nyökkäsi. Kalervon kertomat tarinat Haikon kartanossa aiemmin aamupäivällä eivät hevin unohtuisi.

Villa Haikossa, päivällisillä, Ritva oli seurannut herkeämättä niitä kahta miestä, välittämättä tunnetuista, arvovaltaisista kutsuvieraista. Opettajan tarkkanäköisyydellä vaimo oli tehnyt havainnon: – Onnellisia miehiä. Elävät eri todellisuudessa kuin me muut.

Ritva kuiskasi innostuneena:

– Mennään juttelemaan. Mies on tuttu.

– Ei, ei. Tuskin muistaa edes meitä. Katsellaan, mielenkiintoista. Tietysti, jos mies huomaa meidät, niin lähdetään ja moikataan heilauttamalla kättä. Onneksi pajukko suojaa. Mielenkiintoista.

– Ihan miten vaan, huokasi Ritva sosiaalisena ihmisenä, seurasi tarkkaan, kun mustapartainen mies avasi autonsa takaluukun, otti sieltä otsalampun, kiinnitti pannan tottuneesti päänsä ympärille.

2.

Haikon kartano. Saksan suurlähetystön järjestämät kesäkutsut.

On kaunis kesäpäivä, aurinko ja kevyt tuulenvire tekevät oivallista yhteistyötä. Elettiin juhannusviikkoa edeltävän viikon lauantaita, aamupäivän toiseksi viimeisintä tuntia.

Kartanon päärakennuksen edessä, tuloaukion laidalla, ison tammen varjossa seisovaa Eskoa kismittää:

– Ritva rakastaa kissanristiäisiä, minä en, joskus raja tupsahtaa vastaan. Harmi, sillä kartanon buffet vaikutti lupaavalta. On syötävä yksin...

Esko heilauttaa kättään, yrittää näyttää iloista naamaa. Ritva vastaa, heilauttaa takaisin, näyttää onnelliselta ja kauniilta edetessään paimenen johdattamana muiden lampaiden joukossa kohti kymmenen hehtaarin puistoa, kohti gurmeeta, kohti saksalaisten järjestämiä oheistapahtumia. Mies leppyy, hymyilee. Illalla kotona mies kuulisi henkeäsalpaavia tarinoita, koska opettajilla on salaperäinen taito tehdä havaintoja ja analysoida ne oikein.

Lipevä huippukokki oli puolta tuntia aikaisemmin kokoontumistilaisuudessa hehkuttanut makujen paratiisia kerätessään laumaa.

– Luksusta luonnon ehdoilla. Rasteilla TV:stä tutut kokit paistaisivat avotulella kevätkääryleitä ekoresepteillä... maisteltaisiin, valittaisiin yhdessä sopiva viini... kuka haluaa mukaan?

– Minä, oli Ritva huutanut ensimmäisenä, supsuttanut Eskon korvaan:

– Otetaan Nuuksioon mukaan wokkipannu, laskettelurinteen alapuolella on grillipiste, kerätään ketunlepää, suolaheinää...

Eskoa oli ruvennut pelottamaan:

– Avotulta käytettäisiin väärin. Lettu ei enää maistuisi letulta, ikivanha resepti pilattaisiin. Ihmiskunnan kasvu alkoi avotulesta.

Eskon käsi etsii pikkutakin taskusta Marlboro-askia, löytää. Mies tunsi olevansa hermosavujen tarpeessa. Armas Lindgrenin luomaa harmoniaa mies ei huomaa.

Stumpattuaan savukkeen tarkalleen puolivälissä miehen mieliala ja ajatusmaailma muuttuivat, ehkä muutokset johtuivat nikotiinista. Mies tietää Haikosta paljon syötettyään siellä ulkomaalaisia kollegoja, hyvän isännän velvollisuus on tietää. Mies ihailee kokonaisuutta, etenkin ympäröivää maisemaa, mikä tuo mieleen lapsuuden kesät Halikossa. Mies uskoo arvaavansa, miksi suuri raha kiinnostui kartanosta, eikä pidä olettamastaan tulevaisuuden visiosta, kasvavasta kaupallisuudesta, minkä edustajat tuhosivat arvoja jankuttaessaan samanaikaisesti arvoista.

Esko tuntee oikeassa olkapäässään kevyen kaksoiskopautuksen kaukaa menneisyydestä. Leveä hymy laajenee tukevahkon miehen kasvoilla:

– Älä katso oikealle, vaan vasemmalle. Ekalla kerralla Norssin pihalla mokasin. Kalervo, Napoleon Solo, kaksoisagentti, joka kopauttaa aina kahdesti, niin miehen aivot analysoivat kopautukset. Esko kääntää päätään vasemmalle, näkee tutun, hymyilevän naaman, sanoo:

– Itse Napoleon Solo, oletan.

– Aina sama. Pahoittelen, että olen ollut viime ajat jäniksen selässä. Tänään palataan menneeseen ja katsotaan hetki tulevaisuuteen. Aikaa on, vaikka porsaat söisivät, ruhtinaallisesti, yli kaksi tuntia.

Aloitetaanko Vanhan kirkon puistosta, raittiusvalasta, ei tupakkaa, ei viinaa, kaksi seitsenvuotiasta nassikkaa? Ei, aika ei riittäisi. Tehdään aikahyppy. Aloitetaan siitä, kun sait käytöksen alennuksen tupakoinnista. Hankit kovan kundin maineen, kundi, joka kyseenalaisti auktoriteetit. Jopa Taka-Töölössä, Meilahden yhteiskoulussa sinua ihailtiin, varmaa tietoa, vaimoni kertomaa.

– Helinä. Kerro terveiset. Jouduit hakemaan kaukaa, itse selvisin vähällä. Tunturikatua alas ja seuraavalle kukkulalle, Apollon yhteiskoulu, oman maakunnan, Etu-Töölön tyttöjä.

– Oletan, että Ritva sivistää itseään sillä aikaa, kun ukko tupakoi?

– Oikein. Salapoliisiainesta.

– Aika on hupaa tavaraa. Asiaan. Seistiin köörissä röökillä piharakennuksen takana. Söde huusi. Kaikki muut stumppasivat, paitsi sinä, oikein röyhytit, yritit puhaltaa renkaita, jäit poseen tahallasi. Pikku-Matti otti Bostonin kädestäsi, stumppasi, kysyit:

– Millä oikeudella? Matti ei vaivautunut vastaamaan:

– Vahvemman oikeudella. Tapauksesi on käännekohta Suomen oikeushistoriassa. Rikollinen tunnusti, kärsi rangaistuksensa mukisematta. Nyt vankilat täyttyvät syyttömistä, konnat viheltelevät kaduilla: "Vielä on kesää jäljellä..."

Miehet nauroivat, Esko hytkyi.

Eskon mielestä kaikista vitseistä herkullisin oli se, että Kale toimi Supon pomona. Napoleon Solo. Olihan Kale koulutukseltaan juristi ja Eskon vanhimman pojan kummisetä, mutta sittenkin...

– Oletko paikalla työasioissa? kysyi Esko.

– Tavallaan. Uusi poika aloittaa...

– Ai jaa, on siis paikalla?

– Tuli äsken.

– Kuka?

– On sovittu, että emme moikkaa. Myöhemmin päivällisillä Villa Haikossa istumme sattumalta samaan pöytään. Sattumalta seuraamme liittyy kaksi ulkomaalaista herrasmiestä.

– Ai jaa. Saanko arvata pojan sattumalta etukäteen? Luen dekkareita.

– Siitä vaan.

Kaksi herrasmiestä kiertää Haikon kartanon saleja, lihavampi kulkee edellä. Buffet'n kohdalla miehet pysähtyvät, lihavampi sanoo kunnioittavalla äänensävyllä:

– Vehnänalkio-oluita, portteria, jopa pintahiivaoluita, "stautteja", pantu paahdetusta ohrasta. Toinen miehistä huokaa:

– Käsin väännettyjä, baijerilaisia bratwursteja...

Miehet jatkoivat matkaansa, lihavampi pysähtyy, jää seisomaan yhden, pääsalin pöytien välisen käytävän tukkeeksi. Paikalla on runsaasti vieraita, osa istuu jo pöydissä napostellen buffet'n antimia. Lihavampi mies tuijottaa ikkunan vieressä reunemmalla seisovaa kolmen ihmisen ryhmää. Mustapartainen nuori mies sanoo jotain suurlähettilään rouvalle. Tuijottaja ei kuule, mitä mies sanoo, näkee, kuinka rouva taputtaa hymyillen miestä olkapäälle. Rouvansa vieressä seisova Saksan suurlähettiläs vaikuttaa hyväntuuliselta.

– Pekka. "Heiland sagt" ei tietenkään pärjää tehossa turkkilaisille kirosanoille, ilmaisu vastaa latinalaisen kielialueen lievää kirosanaa: "Sacramento", sellaista hengellistä hakemista. Olen opiskellut Tübingenin yliopistossa sivuaineena suomen kieltä vain yhden lukukauden, miksi "perkele" on ylivoimainen kirosana, myönnät, että sekin perustuu hengellisyyteen, mutta kumpuaa syvemmältä, eihän pelkkä taivutus tai poljento lisää sanan perustehoa.
Suurlähettiläs nauroi, kirosi: "Per-ke-le!"
– Hyvä. Konsonantteja korostaen, painotus viimeiselle tavulle, ilahtui Pekka, joka oli opettanut suurlähetystön saunassa taidon joukolle saksalaisia miehiä.
Rouva hymyili, taputti Pekkaa olkapäälle:
– Ystävyys kestää rehellisyyden. Totean epädiplomaattisesti, että epäilen välillä juttujasi, puhut omiasi. Muistan, kun kerroit vakavalla naamalla ensimmäisestä työkokemuksestasi Saksassa, Reutlingenissa, hiekkavalimossa. Nuori kesäharjoittelija, kauhamies, kantoi sulaa metallia linjalla "Yksi", turkkilaisten, ammattilaisten "Valiojoukkueessa". Väitit, ettet oppinut kahdessa kuukaudessa muuta kuin turkkilaiset, lähinnä epäsiveelliset kirosanat?
– Väite pitää paikkansa. Opin, että kirosanoilla saa ihmeitä aikaan. Turkkilaisten kuningas, Memel, johti

rosvojoukkoa tehokkaasti. Minut hyväksyttiin joukon täysivaltaiseksi jäseneksi, siitä tunnen ikuista kiitollisuutta.

Käytävän tukkeena seisova, tukevahko amatööridekkari etsi mielessään nuoresta miehestä johtolankoja, jotka viittaisivat Kalen mainitsemaan "uuteen poikaan": urheilullinen. Ei sormusta, pelkää sitoutumista, James Bondkin pelkää kaulinta. Hyvä puhuttamaan, puhutettavat vaikuttavat hämmästyneiltä. Suurlähettiläs vakavoituu, sanoo varmaankin jotain syvällistä.

— Niin tai näin. Kirosanoilla ei pitkälle pötkitä. Meistä on tullut ystäviä, ei kierrellä, ei kaarrella. Siirryn Lontooseen. Roolini isänä päättyy, niin olen kokenut yhteistyömme. Onnistumisia, siitä se ystävyys syntyy, niin luullaan, jos tuntee vain pinnallisen ystävyyden.

"Oikea ystävyys tunkee syvältä", sanoit kerran, yhdymme vaimoni kanssa ajatukseen. Olen huolissani. Mietitäänpä hetkinen objektiivisesti CV:täsi. Kaksi mielestäni lyhytaikaista työsuhdetta, Orion ja oma yritys, kieltämättä menestystarinoita, mutta alle kolmikymppisenä uraa rakennetaan, ei lopetella. Maaliskuussa pitämäsi luennot USA:ssa, Bayerin ja BASF:in asiantuntijana, onnistuivat kuulemani mukaan hyvin, suostuit luennoimaan vielä kahtena tulevana vuonna, sitten lopetat, hylkäsit kaikki suuryritysten työtarjoukset. Miksi?

— Keskityn koodaamiseen.

— Anteeksi, mihin?

— Ulkoavaruudesta sinkoava, vaimea, muuntuva säröääni voimistuu vuosi vuodelta. Ääntä mallinnetaan neliulotteisesti, otetaan huomioon myös nolla, aikatekijä, testataan virtuaalisia, lingvistisiä algoritmeja äänen tarkoituksesta. Harvardin yliopisto rahoittaa.

– Luovutan, olen tehnyt niin jo aiemmin: "Polymeeritekninen, biaksiaalinen molekyyliorientaatio versus raaka-ainesäästöt ja optimikierrätys? Random tuotekehityksessä?"

Suurlähettiläs huokasi, mietti niitä suuria mahdollisuuksia, jotka toinen ohitti kevyesti. Vanhemman miehen huolta lisäsi eräs, salaiseksi luokiteltu persoonallisuusanalyysi, sellainen paperi tilattiin niistä henkilöistä, joille BASF tai Bayer teki johtajatason työtarjouksia. Suurlähettiläs piti psykiatrien arviota Pekasta huolestuttavana, mieluummin negatiivisena kuin positiivisena, kuitenkin yritykset arvioivat paperin sisällön päinvastoin.

Paperi, keskeisimmät kohdat:

– lapsenomainen usko omiin kykyihin

– saattaa masentua arvaamattomasta syystä

– lähes rajaton mielikuvitus

– on olemassa joku "Iso Poika", joka asettaa rajat. Iso Poika on realisti, huippuälykäs yksilö.

– Pekan mielikuvituksen kautta Iso Poika muuttuu kilpailijaksi, syntyy jatkuva "älykkyyskilpailu" toisen osapuolen tietämättä.

– Pekka ja "sparraaja" hyötyvät kumpikin tilanteesta.

Käytävän tukkeena seisovat miehet, Esko ja Kale, jatkoivat matkaa, suuntasivat kohti buffet'ta. Oli pakko, koska paine miesten takana kasvoi, muut vieraat olivat tulleet nauttimaan, eivät jonottamaan. Alkoi kuulua korkeisiin asemiin nousseiden ihmisten sivistyneitä kannustushuutoja: "Läski! Eteenpäin!", "Hakekaa maansiirtokone leveällä puskurilla!"

Samaan aikaan suurlähettiläs yritti vielä kerran, perusteli Pekalle, miksi toisen kannattaisi hyväksyä jokin saksalaisten tekemistä tarjouksista. Suurlähettiläs epäonnistui, suutahti:

– Menköön mammonat! Sanon suoraan: Säröääniprojekti on huuhaata, samaa lyhytjänteistä epämääräisyyttä esiintyi jo aiemmissa projekteissa, vakiintuisit. Minua on pyydetty tekemään sinulle kaksi kysymystä, jos kieltäytyisit edelleen tarjouksista. Aluksi ajattelin, etten kysy, kysynkin piruuttani, tyhmyys sapettaa.

– Orionissa johtamasi tuotekehitystiimi teki läpimurron uuden lääkkeen formulaksi, oikeudet myytiin Astralle suomalaisten pääomasijoittajien vaatimuksesta. Lääke tuottaa tänä päivänä valtavia voittoja ruotsalaisille. Ryhmääsi kuului kaunis, vaaleatukkainen naislääkäri, en muista nimeä, olen nähnyt valokuvan ryhmästä, sinä näytät...

– Herbert, keskeytti suurlähettilään rouva.

– Anteeksi. Valokuva kertoo unelmasta, niin itse oletan. Jatketaan. Nainen ja sinä erositte Orionista samana päivänä, nainen puhelimitse, sinä henkilökohtaisesti. Bayer on yrittänyt tavoittaa naislääkäriä turhaan. Tiedätkö, missä kaunis, vaaleatukkainen nainen on?

– En.

Se valtava tunnekuohu, minkä Pekka koki sanasta "Orion", kun muistot palasivat, tunnekuohu ei juurikaan erottunut ulospäin, ilmiö toistui usein, koska Orion oli menestyvä pörssiyhtiö. Pekka tiesi, että menestys johtui Vaaleatukkaisen Naisen kaltaisista ihmisistä, ei hänestä.

Suurlähettiläs katui, ymmärsi sohaisseensa jotain herkkää kaiken muun lisäksi. Vieressä seisova vaimo oli varmaankin vaistonnut ihmissuhteen näkemättä ryhmäkuvaa, jossa naislääkäri ja Pekka katsoivat toisiaan. Naiset luultavasti haistoivat sellaiset asiat. Valokuvaan palattaisiin illalla kotona, koska Tübingen ja Reutlingen olivat naapurikaupunkeja, sisko ja veli. Sisko puolustaisi veljeään. Suurlähettilään otsalle kohosi hikipisara. Mies inhosi tyhmyyttä, inhosi itseään, ymmärsi, että Pekan tapauksessa kyse olisi jostain muusta. Mies sanoi nöyrällä äänellä:

– Anteeksi.

– Mitä turhia, vastasi toinen.

– Kiitos. Vielä hetki. Ryhdyit yksityisyrittäjäksi, teit sen mahdollisimman huonoon aikaan, juuri silloin, kun Suomen eliitti bulvaaneineen järjesti maahan oman, yksityisen superlamansa, muun Euroopan porskuttaessa nousuhuumassa. Rahan hinta kohosi Suomessa pilviin, likvidi raha saalisti materiaalisen kerman. Saksassa niin tökerösti toteutettu pääomasiirto ei onnistuisi ikinä. Tässä kohtaa sanoisin mielelläni, että ajoitit tyhmästi, enpä sanokaan. Otit rutkasti korkeakorkoista lainaa, ihme, että edes sait, ostit laman seurauksia: Tuotantolinjoja, kehitit, ehkä ”koodasit”, teit taikatempun, myit innovaatiot Saksaan, koska sieltä sai parhaat katteet. Onnistuit. Onnittelen.

– Kiitos.

– Toinen kysymykseni koskee kauppasopimuksia optioineen, ne on laadittu taitavasti, asiantuntijoiden mukaan harvinaisen ovelasti. BASF olettaa, että joku suomalainen huippujuristi kynäili aukottomat tekstit. Kuka?

– Lakitieteen lisensiaatti Olli Gustavsson. Tehtaankadun Mohammed Ali, suurin ja viisain, ei välttämättä kaunein, mutta varmasti vahvin.

– Kiinnostaisikohan herra Gustavssonia...?

Mustapartainen nuori mies muisti elävästi, miten nopeasti jättiläinen kirjoitti Töölönkadulla olohuoneen pöydän ääressä A-nelosen lehtiöön BASF-sopimuksen, viisi sivua tiukkaa tekstiä. Pekka keskeytti suurlähettilään:

– Ei. Ollilla on periaatteita. Iso poika käsittelee aina ensin tärkeät asiat. Kiitän teitä kumpaakin siitä, että sain kodin, ilmapiiri lähetystössä tuntui tutulta. Matkustatte Lontooseen heti juhannuksen jälkeen. Sopisiko teille ensi keskiviikkona, kello yhdeksäntoista, illallinen ravintola Tornissa?

– Sopii, koska käsitellään tärkeitä asioita, nauroi suurlähettiläs.

– Hienoa. Noudatetaan Ollin periaatetta. Aloitetaan keskustelu vaikkapa kahdesta naapurikaupungista, Tübingenistä ja Reutlingenista, funtsataan yhdessä, miksi ihminen saattaa kiintyä niin pieniin kaupunkeihin?

Suurlähettilään rouva taputti Pekkaa olkapäälle, vuosien mittaan siitä oli muodostunut tapa. Tübingen ja Reutlingen. Sisko ja veli.

– Tyttö ja kaupunki. Kaupunkeja on kaksi, tyttöjä yksi. Arvasinko oikein? kysyi viehättävä, älykäs nainen, joka oli koulutukseltaan kielitieteilijä.

– Prikulleen. Keskiviikkona pohdimme, voisiko pienen kaupungin pakata matkalaukkuun tuliaisiksi? Jätän buffet'n väliin. Lähden puistoon etsimään kadonnutta metsää. Keskiviikkoon.

Esko ja Kale löysivät pääsalin taaimmasta nurkasta yksinäisen, vapaan pöydän, istuivat tuoleille, testasivat.

– Kelpaa, sanoi tukeva mies, kaivoi taskustaan muistilehtiön, kirjoitti tyhjälle sivulle: "VARATTU. Vain ylileveille kuljetuksille.". Mies repäisi sivun irti, taittoi paperin, kuten pikanimikyltit taitetaan ja asetti kyltin pöydälle.

– Noin. Kohta lähdetään tankkaamaan, taidan valita isäntien kunniaksi aluksi hapankaalia ja bratwursteja. Ensin dekkariasiaa. Tehtävä oli triviaali. Jos joskus tarvitset apua agentin tunnistamisessa, niin soita. Annan työnäytteen: "Poika" on mustapartainen, nuori mies, joka keskustelee suurlähettiläsparin kanssa. Leveät hartiat, urheilullinen, osaa ohjata keskustelua, osaa herättää luottamusta, ei jää sanattomaksi.

– Väärin. Ohitit Pojan metrin päästä, et reagoinut.

– Ai jaa. Anna vihje.

– Annoin jo. Villa Haikko. Odottelet nelisen tuntia ja näet omin silmin pöytäkumppanini. Suurena salaisuutena voin paljastaa, että "Mustaparta" on noin sata kertaa kiinnostavampi tyyppi kuin Poika, joka käyttää paksusankaisia silmälaseja, näyttääkseen viisaammalta.

– Ai jaa. Mustaparta sopisi agentiksi, ei edes sormusta.

– Terävä huomio. Poika on rengastettu. Se siitä. Minulla on tapana kutsua itseäni nuorempia miehiä pojiksi.

– Ai jaa. Harhautit.

– En, koska Poika on nuorempi kuin minä.

– Saivartelua. Joka tapauksessa Mustaparta on ehdottomasti paikallaolijoista kiinnostavin, salapoliisiminäni kertoo. Tiedätkö mitään miehestä?

– Aika paljon. Nimeltään Pekka. Fyysikko, valmistunut polyteekistä huippuarvosanoilla ennätysajassa. Toivoisin tietäväni enemmän. Oikeastaan osuit lähes naulankantaan, ainoastaan roolit heittivät häränpyllyä.

– Älä hemmetissä. Pekkaa suojellaan. Miksi?

– Arvoitus. Veikkaan säröääntä.

– Mitä?

– Vaimea, monotoniselta vaikuttava ääni, joka sinkoutuu kaukaa ulkoavaruudesta, tarkemmin tutkittuna ääni särisee muuntuvasti, jotkut uskovat, että säröääni puhuu. Pekka on yksi maailman taitavimmista koodaajista.

– Koodaaja? Selitä.

– En ole asiantuntija, toistan, mitä olen kuullut. Koodaajat yrittävät mallintaa ääntä rakentamalla monimutkaisia, osin lingvistisiä algoritmejä. Kansanomaisesti sanottuna koodaajat yrittävät tulkita sanomaa.

– Ai jaa. Scifi-kamaa. Fakta ja fiktio sekoitetaan, johtuu yleissivistyksen puutteesta. Ihmettelen sitä, että puhut kuin et tietäisi, kuka Pekkaa suojelee. Sentään Supon ykkönen.

– Kartanon parkkipaikalla seisoo musta Chrysler Voyager. Autossa on peililasit ja CD-kyltit. Auto ilmestyy silloin tällöin sinne, minne Pekkakin. Poika ei itse tiedä, että hänen peräänsä katsotaan. Minä tiedän, mutten varmuudella tahoa. Auton paperit ovat kunnossa. Autoa ei ole liisattu, aika erikoista diplomaattipiireissä, kukaan ei omista sitä verifioitavasti, käyttöoikeuden haltija on kuollut. Nyt buffet'hen. Taidan ottaa tavoistani poiketen pullon olutta, mitä merkkiä suosittelet?

3.

Haikon kartanoon johtavalla puistotiellä, kartanosta poispäin, kävelee hitaasti synkänoloinen, nuorehko, mustapartainen mies, joka ei huomaa ympäröivää, empire-tyylistä maisemaa, koska mies katsoo sisäänpäin, näkee mielensä näytöllä Vaaleatukkaisen Naisen kauniit ja viisaat silmät. Pakit mies oli saanut puhelimitse. Ristiriita silmien ja pakkien välillä kalvoi miehen mieltä: "Sellaiset silmät eivät valehtele..."

Pirullinen masennus puristaa kovenevana kipsinä miehen aivoja, ahdistaa, sydän hakkaa ja miehen vauhti hidastuu entisestään.

Laahustaja tiesi kokemuksesta, että kipsin saattoi rikkoa väliaikaisesti kotikonstein naurulla, mikä syntyisi sydämessä, nauru liittyisi todelliseen, aitoon, elettyyn tilanteeseen. Laahustaja ymmärsi myös lopullisen konstin, silmät, ne pitäisi löytää, koska aivot ja sydän tekevät yhteistyötä, jos aivot voisivat hyvin, niin sydän saisi vapaapäivän.

Mies etsi jatkuvasti "Silmiä", jonain päivänä mies löytäisi, sitä ennen piti tyytyä nauruterapiaan à la "Tesetse" (Lyhennys sanoista tee se itse).

Mies pysähtyi, muisti, miten BASF-sopimus syntyi, ja sydän lopetti heti hurjan hakkaamisen.

Siihen aikaan mies asui Töölönkadulla, Etu-Töölössä, kerrostalossa, sen viidennessä kerroksessa, "Kiimaisen poronkuseman päässä eduskuntatalosta", niin iso poika oli määritellyt talon sijainnin. Huoneiston kaikista ikkunoista näki Töölöntorin, kerrostalojen ympäröimän keitaan.

On myöhäinen iltapäivä. Mies asetteli olohuoneen pöydälle BASF-kauppaan liittyviä, itse laatimiaan papereita pinoiksi. Jättiläinen tulisi vauhdikkaaseen tapaansa tasan kello seitsemäntoista, mies kuulisi tutun töminän portaista, miehen ei tarvitsisi katsoa kelloa, sillä jättiläinen oli täsmällinen. Iso mies, tai oikeastaan Iso Poika, niin koko lapsuuden kaverikööri kutsui edelleen kunnioittavasti elävää kulmien legendaa, turvallista isähahmoa, iso poika tulisi viidenteen kerrokseen juosten erikoisella tyylillään, porras kerrallaan ja loikat tasanteilla. Jättiläinen oli miehen mielestä erikoinen tyyppi, älykäs, miltei yhtä älykäs kuin mies itse.

Olohuoneen pöytä täyttyi papereista. Mies oli tehnyt lujasti töitä, käynyt päivittäin Järvenpäässä ostamallaan pienellä muovialan tehtaalla. Porukalla kehitettiin ja testattiin Pekan innovaatiota, valmistustekniikkaa, missä ympäristölle vaaralliset vinyyli- ja esteripohjaiset raaka-aineet korvattaisiin haitattomilla polyolefiineilla. Lisäksi kehitettiin biaksiaalista molekyyliorientaatiota, uusi menetelmä mahdollistaisi merkittävät raaka-ainesäästöt, pyrittiin optimoimaan myös kierrätysominaisuudet. Pekan teoria toimi, propeenimolekyyli verkkoutui oikein prosessoituna ja orientoituna toivotusti. Tehdas paahtoi yötä päivää protosarjoja. Jos kauppa Saksaan toteutuisi, niin työntekijät kuittaisivat optioina nettovoitosta reilun siivun. Lainapääoma hupeni, pitäisi myydä nopeasti.

Uuden menetelmän suojaukset tehtiin Kolster Oy:ssä, Iso Roballa. Patenttiasiamieheksi sattui Lefa, opiskelukaveri teknillisen fysiikan osastolta, fiksu sälli, sanoi heti aluksi:

– Pekka, jos tää paska menee läpi, niin osta Ferrari.
Osaatko lausua sanan italiaksi?

– En.

– Opetan, käyn kuukausittain työasioissa Milanossa,
kuuntele: FER-RAARI. Hakemuksesi on niin täyttä
skeidaa, yhdistelmähiihtoa, että voit tilata auton Mara-
nellosta. Panit sentään sanat oikeaan järjestykseen, vie-
läkö hääräät säröääniä, se on kovempi laji kuin yhdis-
telmähiihto...

Kauppa olisi isoin, jonka mies oli koskaan tehnyt. Jät-
tiläinen juristina tsekkaisi materiaalin hetkessä katsot-
tuaan papereita, sanoisi muututtuaan Kasparoviksi joko
"Matti" tai "Shakki", sitä mies toivoi, mutta isojen kaup-
pojen ollessa kyseessä jättiläinen ehkä sanoisi: "Pekka.
Pelataanpa peli alusta. Pannaan pallo pömpeliin."

Mies odotti, vilkaisi kelloaan, vielä viisi minuuttia,
katsoi pöydällä lojuvia paperipinoja, tarkisti muutaman,
piirtämänsä graafisen käppyrän, jotka olivat päällim-
mäisinä paperipinoissa: "Tuotto sijoitetulle pääomalle
kumuloituvasti", "Raaka-ainesäästöt versus vanha tek-
niikka", "Raaka-ainepörssien ennusteet", "Tuotteiden
hintakehityksen ennuste", "Dumppaus, kriittinen haa-
rukka hinnoitteluylivoimalle, monopoli, lisenssioikeuk-
sien myynti", "Tuotantoratojen jatkokehitys. Lisämark-
kinat. Optimivoitto". Viimeisenä pinona lojui pöydän
reunalla kauppasopimus. Mies hymyili, uskoi tehneensä
täydellisen sopimuspaperin.

Alhaalta rapusta kuului nopeasti voimistuvaa tömi-
nää. "Tulee lujaa, kello on siis kohta tasan viisi", hy-
mähti mies muistaessaan Ollin sanoneen pikkupoi-

kana, seitsemänvuotiaana: "Täsmällisyys on kuninkaiden kohteliaisuutta", oltiin menossa Lörden synttäreille, seisottiin Flemarilla kerrostalon ulko-oven edessä, kummallakin lahjapaketti kädessä. Olli katsoi kelloaan, sitä kuuluisaa paperinkeräyksellä hankittua, sanoi: "Menoksi."

Mies muisti vieläkin elävästi tilanteen, paketit ja niiden sisällöt, koska miehellä oli pettämätön näkömuisti. Pekan paketti sisälsi kahdeksan Lakupekkaa, Ollin neljä Rix-Raxia.

Maailman kaunein ja viisain äiti oli ostanut lakupötköt, sanonut ensin pojalleen:

– Olen kuullut, että Lördeä kiusataan, koska pojalla on isompi nenä kuin muilla. Minun mielestäni Lördellä on jalo, roomalainen nenä, muut ovat kateellisia.

– Niin Ollikin sanoo. Minä, Olli ja Lörde olemme muskettisotureita, yksi kaikkien puolesta ja kaikki yhden puolesta, niin Olli sanoo.

– Olli on viisas poika. Lukeeko Lörde, kerääkö postimerkkejä, tykkääkö makeisista?

– Tykkää lakusta.

– Jos ostaisimme lahjaksi kahdeksan lakupekkaa, Lörde täyttää kahdeksan, tehdään yhdessä nätti paketti, sinä piirrät onnittelukortin, vaikka sen hienon dollarihymyn. Luuletko, että Lörde ymmärtää lakupötköjen määrän viestin?

– En. Se ahmii ne.

Siihen aikaan Olli oli ollut vielä melkein tavallisen kokoinen pikkupoika, siitä se kasvu alkoi.

Rapuista kuuluva töminä saavutti huippunsa, ovikello soi.

Iso mies, käräjäoikeuden syyttäjä saapui. Iso mies kantoi isoa salkkua, matkalaukun ja salkun välimuotoa. Jättiläisellä oli pikkulapsen kasvot, lyhyeksi leikattu vaalea tukka, otsapyörre muodosti hauskan Tintti-töyhdön, jättiläisen pää näytti nuppineulalta suhteutettuna valtavaan, voimakkaaseen ylävartaloon, jossa ei ollut tippaakaan läskiä, jättiläinen oli vain satayhdeksänkymmentäkaksi senttimetriä pitkä, mutta näytti oikealta jättiläiseltä. Legenda oli saapunut. Olli käsitteli asiat aina tärkeysjärjestyksessä, niin silloinkin, seisottiin eteisessä:

– Huominen lenkki. Lähtö tasan kello kahdeksantoista Uimastadikan edestä, suuntana Keskuspuisto, venyttelyt Ruskiksella ja takaisin. Älä laita liikaa alle, juostaan lujaa, tuut peesissä, kato, pikamatka meille, yleensä käännytään Pirkkolassa.

Siirryttiin eteisestä olohuoneeseen.

– Hyvä Skidi. Liitteissä löytyy, löytyykö lähdeaineisto tai muut, sovelletut referenssit viitteineen?

– Löytyy.

– Hyvä. Katsotaan, sanoi lääkäri.

Niin se oli mennyt. Olli ei sanonut ”Shakki” tai ”Matti” käydessään pinoja lävitse, murahteli, sanoi:

– Mikä tää utopistinen käppyrä, liite viisi on: ”Kumuloituva voitto ajan funktiona. Alin mahdollinen tuotto pitkällä aikavälillä”, nöyrää poikaa. Eihän tässä matelemaan ruveta. Sijoitetun pääoman alin mahdollinen tuotto. Sä oot pessimisti. Ryhdistäydy. Kato, oppikoulussa opittu ”kultainen leikkaus” tarkoittaa tänään kultaista kädenpuristusta, meitsi tietää. Sä oot jyvällä, käppyrien muoto matkii optimistisen karjun kyrpää. Sori, meitsi tietää markkinoinnista karun totuuden, kato, ei taksi vie, eikä taksi tuo nöyrää poikaa...

Niin se oli mennyt, seurasi loppuhuipennus:

– Referenssi, Pellervon taloudellinen tutkimuslaitos, isäntämiesten liturgiaa, varmaankin Kullervon ja Tellervon tekemä käppyrä sonnanajon tukitavoitteista. Voi hyvä Jumala...

Niin se oli mennyt.

– Pyydät miljoonia. Kultainen leikkaus tarkoittaa sitä, että kauppa yleensä syntyy. Säästääkö uusi valmistustekniikka ympäristöä, sopivatko polyolefiinit energiakäyttöön haitattomasti, syntyykö energiaa perusraaka-aineen, öljyn, hyötysuhteella? Kierrätys, jauha vanha tuote, muotoile uusi, kehittyneempi versio, valmista uusi tuote?

– Joka sana pitää paikkansa. Lue kauppasopimus. Helmi.

Iso mies luki. Ollia rupesi naurattamaan.

– Paratiisia. Lapsen laatima. Pelataanpa peli alusta. Näytä lapselle isoa ja pientä tikkaria, niin lapsi valitsee ison maistamatta. Sinä haluat vielä isomman. Laitetaan sulle, laitetaan optioita. Taikatikkari, aina, kun nuolaiset, niin tikkari suurenee.

3.1

Haikon kartanoon johtavalla puistotiellä seisoo naurava mies. Rennonoloinen, helpottunut nauru kimpoaa miehen sydämen ohjaamana palleasta. Tesetse-terapia oli toiminut, kipsi mureni, ahdistus katosi...

Se seikka, että Olli oli verrannut Pekkaa lapseen, se tuntui edelleen mielettömän hauskalta, koska Olli säilytti pokerinsa, siinä se terapeuttinen jippo piili.

Naurajalle ei koskaan juolahtaisi mieleen, että iso poika oli saattanut puhua tosissaan, vaikka nauraja omasi lähes rajattoman mielikuvituksen.

Mies lähti reippaasti kävelemään puistotietä poispäin kartanosta. Kymmenisen minuuttia käveltyään tummaan pukuun, valkoiseen paitaan ja vaaleansiniseen solmioon sonnustautunut mies huomasi kaukana peltojen takana kohoavan, metsäisen kukkulan. Metsän näkeminen rauhoitti lopullisesti miehen mielen. Kukkulan tunturimainen muoto askarrutti kävelijän mielikuvitusta, uteliaisuus heräsi.

Kävelijä pysähtyi. Vasemmalla, laajan ohrapellon poikki johti mutkitteleva, kapea uoma kohti matalien metsäsaarekkeiden ja peltojen takaa kohoavaa, korkeahkoa tunturia. "Hirvi? Kettu? Ei, vaan joukko. Peuroja", päätteli pohtija, katsoi ympärilleen, ketään ei näkynyt. Hetkessä mies oli riisunut kengät ja sukat, työntänyt sukat sisälle kenkiin ja käärinyt housujen lahkeet. Mies vilkaisi nopeasti ympärilleen, säntäsi kengät käsissään loivina aaltoina lainehtivaan viljapeltoon, lähti seuraamaan peurojen tekemää uomaa, lisäsi vauhtia...

Mustapartainen juoksija oli matkalla kotiin.

Onnellinen juoksija palasi mielessään BASF-sopimukseen. Töölönkadulle.

Olli kirjoittaa kynä sauhuten olohuoneen pöydän ääressä A-nelosen lehtiöön lopullista sopimustekstiä, syntyy viisi sivua tiukkaa tavaraa. Olli sanoo:

– Valmis. Muista, ettet poista tai lisää mitään. Oheistat liitteet. Sinut on suojattu pahalta maailmalta, ahneilta. Laitan siksi lopuksi puhtaalle sivulle pari viittausta kauppa- ja rikosoikeuteen, pykälät momentteineen, pykälät koskevat "tietoista harhauttamista", siis huijaamista. Kannattaa lukea ne yleissivistyksen kannalta tai, jos yrittää leikkiä juristia. Lue ääneen sopimus. Lopullinen tsekkaus, på svenska: "Final Checkdown", väitetään, että osa svenssoneista ajattelee edelleen ruotsiksi...

Pekka oli lukenut. Olli kuunteli keskittyneenä, hieroi leukaansa. Huokasi:

– Saa kelvata. Kirjoita puhtaaksi. Lopuksi siirrymme tärkeään asiaan. Kuten tiedät, olen kehittänyt portaiden alaspäinkävelyn tekniikkaa. Tiedät tavoitteeni: Jalkojen pitää liikkua katsojan silmää nopeammin, porras kerrallaan. Osaat arvioida. Menet neljännen kerroksen tasanteelle, huudan "Hep", kun starttaan vitosesta, otan alun verryttelynä kerrosten puoliväliin, siinä on välitasanne, sitten meitsi lähtee, arvioi, liuonko, vai erotatko jalkaterien liikkeen?

– Neljännessä asuu eläkeläisiä, jos joku vanhus...

– Ei hätää. Meitsi tulee tyylikkäästi, meitsi osaa etiketin...

Testi onnistui. Iso poika liukui ja tömisi. Matkalaukkumies oli jatkanut liukumistaan alaspäin, kohti ulko-ovea. Alemmissa kerroksissa avattiin ovia, liian myöhään.

Kengät käsissään ohrapellossa viilettävä mies muuttui peuraksi, teki hevosenloikkaa.

Peura lähestyi "tunturia", hidasti vauhtiaan, pysähtyi, puhalsi, muodostui sana "Ooh". Mies ymmärsi löytäneensä paikan, minkä ihminen kiersi, miehen mieli muuttui nöyräksi, mies kokisi tasapainon, kokisi osan siitä tunteesta, minkä mies koki yhdeksäntoistavuotiaana Saksan Alpeilla. Mies palaisi kotiin. Pelloilta raivatut kivet muodostivat kukkulaa suojaavan muurin. Muurin takana alkava metsä kohosi kohti taivasta, äitiä, joka piti huolta lapsistaan, kukkulan asukkaista. Äiti antoi valon ja ravinnon, sateen, annosteli tiputuksen.

Mies astui sisälle kotiin, katsoi puuperheitä ja kiviperheitä. Tiheä aluskasvillisuus muodosti elävän, ylöspäin nousevan vihreän kokolattiamaton. Vanha puu tarvitsi tukea, nojasi nuorempaan, tasapaino ja rauha vallitsivat metsässä. Ihailija istahti sammaloituneelle kivelle, pehmeälle pallille, huomasi vilkkaasti liikennöidyn muurahaispolun. "Kekomuurahaisia. Kovia duunaamaan", hymähti mies, sulki silmänsä, palasi mielensä näytöllä Töölönkadulle, kahteen muurahaiseen, joista toinen oli ahkera, toinen laiska. Se laiska oli vasta myöhään illalla kirjoittanut sen ahkeran tekemän prujun BASF-kauppasopimuksesta, siinä vaiheessa vielä tarjouksesta, puhtaaksi. Tarjous oli hyväksytty noin kuukautta myöhemmin Saksassa ja siitä laiskasta muurahaisesta tuli rikas.

Pekka istuu olohuoneen nojatuolissa läppäri sylissään, kirjoittaa ja katsoo samalla telkkarista Dallasia. Ulkona on pimeää, huoneessa hämärää, vain television takana seisova jalkalamppu valaisee huonetta. Mies näppäilee tottuneesti, erittäin nopeasti läppärin näppäimistöä, miehen näköaisti keskittyy Texasin tapahtumiin, kertaakaan mies ei vilkaise näppäimistöä, ei läppärin näyttöä, eikä puhtaaksikirjoitettavaa prujua, mikä lojuu olohuoneen pöydällä, miehen ei tarvitse, sillä mies on koodaaja ja lukenut aiemmin iltapäivällä prujun, se riitti.

Pekka näppäilee myyntihintaa, sormet pysähtyvät, luku näytti koodaajan mielen näytöllä omituiselta, siitä puuttui jotain, Pekka kokeilee, lisää nollan ja heti luku muuttuu koodaajan mielen näytöllä kauniimmaksi.

Dallasin mainoskatkolla Pekka kiiruhtaa läppäri mukanaan toiseen huoneeseen, mitä kutsuu "työhuoneeksi", sytyttää valot. Tamminen, muhkea antiikkikirjoituspöytä jököttää mahtavana ikkunan edessä. Pöydän pinta on täynnä sekalaista roinaa, keskellä möllöttää vanha oskilloskooppi, sen edessä kiiltelee uutuuttaan elektronimikroskooppi, loput pinnasta täyttyy erilaisista kasoista, tarkkuustyökalusarjoja, muuntajia, mikropiirilevyjä, äänigeneraattoreita, loputtomasti minigrip-pusseihin pakattuja komponentteja, juotoskolveja jne. Pekka raivaa käsivarrellaan läppärille tilaa, laskee sen pöydälle, yhdistää laitteen liitosjohdolla tukevassa hyllyssä olevaan printteriin, näppäilee, klikkaa "Ok", sammuttaa valot ja kiiruhtaa takaisin olohuoneen nojatuoliin.

Printteri tulostaisi kauppasopimuksen. Aamulla mies kääntäisi käännösohjelman avulla sopimuksen ja liitteet saksaksi, printtaisi ne, allekirjoittaisi sopimuksen, lopullisen tarjouksen, tekisi sievän paketin, kävelisi postiin ja lähettäisi paketin Mannheimiin, siellä haluttiin aito allekirjoitus, sähköinen ei kelpaisi. Kyseessä oli loppukiri, mikä palkitsisi yli vuoden työn tai sitten ei.

Dallasin mukaansatempaava, kutsuva tunnusmusiikki täytti olohuoneen. Pekkaa jännitti: Sue Ellen, Pamela ja Ewingin veljekset. Kuka kampittaisi?

Sammalpalliltaan mies katseli ympäristöä, teki mielenkiintoisen havainnon, isojen kivien muodostama ketju pyrki lähes suoraan ylöspäin rinnettä, kivillä oli selvästi päämäärä. "Menossa ylös? Isot kivet liikkuvat hitaasti. Ihmisen elinaika ei riitä liikkeen havaitsemiseen, joskus plus äärettömyydessä kivet saavuttaisivat laen. Pitkäjänteistä puuhaa, palkitseeko tavoite? Minne kivet haluavat? Ehkä kirkkoon», tuumi mies ja kääri housunlahkeita ylemmäs. Loivahkossa alarinteessä kivien muodostamaa ketjua näkyi pitkä pätkä. Alkutaival vaatisi useamman kerran kahlaamaan aluskasvillisuudessa, sananjalkojen ja varpujen seassa, siitä eteenpäin kivien väliset etäisyydet kapenivat, voisi edetä hyppimällä kiveltä kivelle.

Pallilla istujan housunlahkeet oli kääritty polviin asti, istuja epäröi: "Paljaat jalat? Kirkko", funtsaa mies, muistaa, että Raamattu mainitsee "paljaat jalat" esimerkkinä nöyryydestä.

Hyppelijä etenee kengät käsissään vauhdikkaasti kivi kiveltä ylöspäin. Miehen uteliaisuus kasvaa, sillä kivet pyrkivät innokkaasti huipulle, niiden välit kapenivat jatkuvasti, syntyi tunkua ja mies saattoi juosta pitkin kivien yhtenäistä polkua, mikä päättyisi ylempänä erottuvaan siltaan, noin metrin levyiseen, varsin jyrkästi nousevaan kallioharjanteeseen. Kiipeäjä koki punertavan graniittiharjanteen punaisena mattona. Miestä odotettiin. Kuka? Joku valtionpäämies?

Jännitys, mikä syntyi kiipeäjän päässä, piti purkaa, koska mies saapuisi kohta kukkulan laelle, näkisi jotain ihmeellistä. Pekka suorittaa itselleen tyypillisen aivojen tyhjennysharjoituksen. Olli sanoo: "Mäntti. Kato, Twin Peaks -kameli tai kaksikyttyräinen kameli on tietenkin naispuolinen kameli." Sama logiikka skulaa Pikku Kalle -jutussa, kun opettaja kysyy uskonnontunnilla Kallelta: "Keitäköhän miehiä ne olivat, jotka pääsiäisaterian jälkeen lähtivät kulkemaan kohti Öljymäen öljypuumetsää, matkallaan Getsemanen puutarhaan?" Kalle vastaa tietenkin: "Taisivat olla niitä Enso-Gutzeitin miehiä."

3.2

Hengästyneen kiipeäjän pää saavuttaa kukkulan laen reunan tason. Mies hämmästyy: "Ei voi olla totta! Joku on raahannut massiivisen siirtolohkareen keskelle lakea, sen korkeimmalle kohdalle, lähimmäs taivasta. Miksi?" Lohkare muistutti muodoltaan valtavaa myllynkiveä tai pyöreää, puolentoista metrin korkuista jättipöytälevyä.

Hämmästelijä pysähtyi pöydän eteen, katseli ympärilleen, muuttui unelmoijaksi. Mies aisti saman tasapainon, minkä oli kokenut nuorukaisena Saksan Alpeilla, silloinkin visuaaliseen tasapainoon sisältyi aimo annos henkistä tasapainoa, yhdessä ne loivat tunteen rauhasta. Laen jokainen palanen natsasi, jokainen kivi, koosta riippumatta, jokainen lakea reunustava puun latva...

Lähes päivälleen yhdeksän vuotta aikaisemmin, melkein kuin eilen, kun Markwasenin bussipysäkillä vaihdettiin kuskia sateisena, varhaisena lauantaiaamuna, silloin tyttö sanoi silmät loistaen, käskevästi: "Kiire. Vuori odottaa meitä. Aikaa ei riitä pussailuun." Sen viikon maanantaiyönä, tytön Reutlingenin asunnossa, tyttö oli haaveillut: "Vuori opettaa. Ihmisen ymmärrys kasvaa." Sillä hetkellä haaveilijan kasvojen liikkeiden tarkkailuun keskittynyt poika ei ollut snaijannut sanojen sisältöä, ymmärsi vasta viisi päivää myöhemmin vuorella.

Kahdentoista kauniin puun, koivuja ja mäntyjä, jotka saivat alkunsa alempana kukkulan rinteillä, puiden rehevät latvustot rakentuivat laen vihreiksi, eläviksi seiniksi. Kivisommitelmat muodostivat oleskelutilat pöytineen, penkkeineen ja palleineen. Kokonaisuus ei perustunut symmetriaan, vaan estetiikkaan, jokaista yksityiskohtaa oli harkittu. Luonto oli loputtomasta palapelistään saanut valmiiksi yhden kulman. Siinä palapelissä useimmat palaset muuttuivat, jotkut myös liikkuivat, vain kivet säilyttivät paikkansa ja habituksensa, tosin nekin muuttuivat hitaasti, niistä oli hyvä aloittaa.

Hämmästelijä tunkee sukat syvemmälle kenkiin, asettaa kengät sievästi vierekkäin pöydän päälle, kääntyy selin kiveen ja punnertaa itsensä hitaan arvokkaasti pöydän reunalle istumaan. Mies ei heiluttele paljaita jalkojaan, vaikka mieli tekisi, sillä mies koki istuvansa kirkossa.

Harras istuja huomaa noin viiden metrin päässä suurehkon kiven varjossa pienen, vihreän kiven, joka välkähteli ikään kuin se iskisi silmää. Pieni, vihreä kivi vaikutti eloisalta ja omapäiseltä, sellaiselta, joka vierisi myös ylämäkeen. Mies iski silmää, kivi kuittasi, välkähti, kohosi kullanvärisenä säteenä taivaalle...

Kivellä istujalla oli oma, yksilöllinen näkemyksensä ihmisen määrittelemästä maailmankaikkeudesta alkaen sen synnystä, Suuresta Pamauksesta. Myöhempää kehityskaarta kuvasi parhaiten sana "Tarkoitus". Näkemyksessä korostui "Syy", koska Luonto suunnitteli.

Mies oli pohtinut esimerkiksi viimeisintä jääkautta ymmärtääkseen, mihin tarkoitukseen Luonto rakensi Salpausselkien harjut? Luonto oli tehnyt lujasti töitä jääkauden loppuvaiheessa jaksottamalla lämpimiä ja kylmiä kausia, koska Luonto tulisi tarvitsemaan jatkossa runsaasti raikasta kivennäisvettä. Luonto oli suunnitellut valtavan murskaimen, missä jäämassan reuna paloit-

teli mukaantempaamansa kiviaineksen, kallionkielek-
keet ja muun makrokaman mikrokamaksi, jäämassa
teki edestakaista, sahaavaa liikettä, muutti kaman so-
raksi ja hiekaksi. Luonto tarvitsi lähteitä, pieniä ja suu-
ria, esimerkiksi Launeen lähteet, raikasta kivennäisvettä
tuleville, liikkuville palapelinsä palasille. Istujakin kuu-
lui niihin. Luonto oli luonut täydellisen suodatusjärjes-
telmän kierrättämälleen eliksiirille, vedelle.

Ihminenkin rakensi omia, rajallisia palapelejään, ei vä-
littänyt tulevaisuudesta, koska ihmisellä oli kiire, aika
loppuisi. Ihminen halusi kaiken heti, oikaisi, teki ta-
hallaan virheitä rajattomassa ahneudessaan. Ihminen ra-
kasti omaa kuvaansa, keksi peilin, lähteiden kuvastimia
ei tarvittu.

Kivellä istuja nauroi, ymmärsi, että Luonnon kannalta
ihminen kuului virheisiin, suunnitteluprosesseissa syn-
tyy aina väkisinkin muutama virhe. Mieskin kuului
virheisiin, valehteli tarvittaessa sujuvasti, teki siis syntiä.
Luonnon loputtoman palapelin valmiin kulman päällä
istui isokokoinen, mustapartainen virhe.

Virheettömät ihmiset naurattivat istujaa. Tärkeile-
vät, kaikkitietävät, mahtavat ihmiset hokivat ulkoaop-
pimiaan totuuksia, oppeja ja ismejä pysähtymättä funt-
saamaan, sellaiset ihmiset unohtivat armon, Taivaalli-
sen Isän.

Ihmisen luoma totuus kiilsi täydellisenä, virheettö-
mänä puhtautena. Roskat ja lika piilotettiin, käännet-
tiin päätä tai ummistettiin silmät. Kaikki hokivat samaa
lausetta, mantraa, senkin aina joku onneton yksilö än-
kyttäisi väärin.

Istujaa nauratti.

Kukaan ei rientänyt torumaan.

Mies katsoi ison koivun latvaa, puu havisutti lehtiään, vaikkei tuullut, kivikin tuntui lämpimämmältä kuin hetkeä aikaisemmin.

Kivellä istuja vakavoitui. Lapsena opittu tieto tulvi mieleen. Mies muisti käyttäytymissäännöt katsottuaan vuorotellen jokaista kukkulan lakea ympäröivää puun latvaa, ne olivat harvinaisen kauniita taideteoksia. Mies koki istuvansa kirkon alttarilla, huomasi vieressään kengät, laskeutui mahdollisimman hienotunteisesti kiveltä, otti ne vaivihkaa käsiinsä, käveli kohti pienen kallioaukion suurinta reunakiveä, laittoi kengät siististi vierekkäin kiven taakse, kirkon eteiseen. Mies katsoi ylös kohti kirkon kattoa, näky aiheutti lievää huimausta, sininen katto oli niin korkealla, sitä koristivat valkoiset poutapilvet, vapaat menemään ja tulemaan, riippumattomuuden symbolit.

Olihan mies toki käynyt Pietarinkirkossa, Vatikaanivaltiossa, nähnyt kirkon kupolin myös sisältäpäin, sekin katto kohosi korkeuksiin, kuitenkin... Mies muisti erityisesti kirkon ripittäytymispilttuut mahtavan salin seinustoilla, niissä syntinen sai tunnustaa pahat tekonsa väliseinälle, minkä takana nukkui pappi, niin mies oletti nähtyään pilttuustaan poistuvan, haukottelevan pappismiehen. Vieressä seisova Vaaleatukkainen Nainen kuiskasi: "Pekka, veikkaan, että pastori suuntaa kohti torin laidalla sijaitsevaa 'Pyhän Pietarin kapakkaa'. Eilenkin, samaan aikaan, sinne oli tunkua, jumaluusoppineet kinastelivat, koska joku kardinaali etuili. Seurataan pastoria. Villa Lante on samalla suunnalla, ostetaan pari litraa vettä, kävellään taas vaikeampaa reittiä, ensin kukkulan huipulle, istutaan penkille, pohditaan 'Romulusta ja Remulusta', poikia, jotka susiemo kasvatti..."

Siinä mielentilassa Pekka saattoi ahdistumatta palata niihin kauniisiin hetkiin, jotka oli elänyt. Kaksi kokemusta ylitti kaikki muut. Nuorukaisena "Tyttö ja Vuori", "Tyttö ja München", "Tyttö ja Augsburg, meidän puisto, meidän penkki"... Myöhemmin "Vaaleatukkainen Nainen ja Rooma", "Vaaleatukkainen Nainen ja Tarvaspää", Akseli Gallen-Kallela -näyttely, Berliini 1895, "Vaaleatukkainen Nainen ja Töölönkatu", "Vaaleatukkainen Nainen ja...

Nöyrä mies palasi alttarille istumaan.

Mies oli valehdellut kartanossa alle tuntia aikaisemmin kirkkain silmin suurlähettilään rouvalle. Totta kai nuorukainen oppi Reutlingenissä kahdessa kuukaudessa paljon, ei pelkästään turkkilaisia kirosanoja, vaan jotain suurta, suurempaa kuin koskaan aikaisemmin, täydellistä elämää jokaiseen hengenvetoon, uutta, ihmeellistä sektoria yhdeksäntoistavuotiaalle opiskelijalle, joka oli etsinyt raskasta kesätyötä Saksasta, koska nuorukainen kadehti Ollin voimia. Mies tiesi, että valehtelu ja kateus kuuluivat synteihin, mutta minkäs teit, sama pää ohjasi ajattelua kesät, talvet...

Ensimmäisen vuosikurssin opiskelija oli saanut hartaasti toivomansa kesätyöpaikan Saksasta lähettämänsä hakemuksen perusteella, pesti kestäisi kaksi kuukautta.

Siihen aikaan Suomessa teknillisen fysiikan opiskelijoita kannustettiin etsimään harjoittelupaikkoja ulkomailta, Nokian kasvu viitoitti väylää, maailma muuttuisi digitaaliseksi. Kansainvälistyminen näkyi käytännössä nopeasti lisääntyvänä lentoliikenteenä. Kenellekään muulle kurssikavereista ei olisi juolahtanut mieleen hakeutua valimosektorille, ei ainakaan hiekkavalimoon, paskaduuniin, tuotantosuunnalle, mikä veteli viimeisiä henkäyksiään. Kaverit hakeutuivat huipputekniikkayrityksiin, IBM, Microsoft ja Kalifornian piilaakson pajat kuuluivat suosikkeihin.

Matkasuunnitelma tehtiin Arean Espan konttorissa. Lähtö, toukokuun kolmantenakymmenentenä päivänä iltapäivällä Eteläsatamasta. Finnjetillä yli Itämeren Lyypekin Travemündeen, yöpyminen laivassa, aamulla junalla Hampuriin, vaihto Stuttgartin junaan, perillä vaihto paikallisjunaan, joka pysähtyisi Reutlingenin asemalla... käppäilyä, ruokailu jossain edullisessa Gasthausissa, yöpyminen paikallisessa Jugendherbergenissä. "Olikohan Reutlingenissa Wienerwaldia, jos olisi, niin Pekka tilaisi koko kanan..."
Aamulla duuniin.
Sinä keväänä poika kasvatti ensimmäistä kertaa parran, eikä enää luopunut siitä. Syy oli yksinkertainen: joka-aamuinen parranajo aiheutti leuassa sietämätöntä, jatkuvasti enenevää kutinaa, mitä kesti tuntitolkulla. Aluksi oli sänki, se kasvoi, kihartui, joten partaa pidettiin kurissa säännöllisillä lyhennyksillä. Opiskelukaverit ristivät pojan "Pikkuparraksi", koska poika oli ensimmäisen vuosikurssin nuorin.

Kivellä istuja hymyili. Istujalla oli aikaa. Mies ei enää palaisi Haikon kartanoon, vaan juoksisi suoraan Villa Haikkoon päivällisille, tietenkin laittaisi ensin kengät jalkoihinsa.

Hymy leveni. Mies piipahtaisi nuoruutensa Saksassa, kävisi lävitse puolitoista viikkoa kestäneen intensiivikoulutuksen hetki hetkeltä.

4.

Reutlingen.

Heinz Ammer GmbH, hiekkavalimo. Saksalaisittain keskisuuri teollisuusyritys, suomalaisittain lähes tehdaskombinaatti.

Mustapartainen nuorukainen nojaa valtavassa tehdassalissa, yhdellä monista välitasanteista, tukevaan suojakaiteeseen. Vieressä nojaava, isokokoinen, arjalainen Obermeister Köhler karjuu pojan korvaan esitellessään tehtaan sydäntä, valimoa. Pojan alapuolella avautui näkymä maanpäällisestä helvetistä, juoksevia, likaisia, isokokoisia miehiä, melua, kuumuutta, liekkejä, hehkuvia patoja, kaiken kruunasi inhottava hiekkapöly...

Välitasanteella sijaitsivat valuprosessissa tarvittavan hiekan puhdistus- ja kostutuslaitteet. Leveät kuljetinhihnat toivat alhaalta tehdassalista tärypöydillä muottien purussa vapautuneen hiekan valmisteltavaksi uusiokäyttöön. Poika näytti kalpealta, koska Ollin ennustus oli toteutumassa.

Neljä päivää aikaisemmin. Helsingin Kallio. Kolmas linja. Kingin Pizzeria.

Kaksi nuorukaista, toinen näyttää superraskaan sarjan bodarilta, kävelee kohti pienen, kyläbaarimaisen tilan ainoaa ikkunapöytää tilattuaan ensin vakioannoksensa: normaalikokoisen sardiinipizzan ja kinkku-salami-jauheliha-perhepizzan tuplajuustolla sekä kannullisen vettä. Nuorukaiset olivat poikina iltaisin toimineet Kingin, silloisen nakki- ja kukkakioskiyrittäjän, luotettavina ulkolähetteinä ja saaneet työsuhde-etuna lupauksen elinikäisestä alennuksesta Kingin myymiin tai välittämiin tuotteisiin.

Nuorukaiset istuutuvat, bodari sanoo toiselle, mustapartaiselle nuorukaiselle:

– Mäntti, olisi kannattanut lähteä mekkeen, viikossa kuukauden tili. Kato, olisit päässyt tekijämiesten kööriin raudoittajaksi, meitsi taivuttelee harjateräkset alta aikayksikön. Kato, valtiolla on rahaa ja Oopperatalolla kiire, ooppera on lähellä päättäjän sydäntä. Kato, juristin hommissakin taivutellaan ja sä oisit fyysikkona nähnyt, kuinka molekyyli etsii kaveria, kun vesi karkaa ja betoni lujittuu.

– Joo. Oikeustieteilijät taivuttelee kotimaassa, kun fyysikot kansainvälistyy, sanoi fyysikko ja hymyili todettuaan varmaan sadannen kerran, miten lapselliselta iso poika isoine juttuineen näytti: lievä hyppyrinenä ja ikuinen Tintti-töyhtö.

Iso poika huusi kyypparille tiskin taakse:

– Heitä lisää juustoa!

Lakitieteilijä käänsi päänsä huudon jälkeen kohti pöytäkumppania:

– Ja vitut. Kato, sä meet leipomaan kansainvälisiä hiekkakakkuja. Muista hokea: ”Älä tule paha kakku, tule...”

– Mä meen valajaksi.

– Unta. Kato, ei ne uskalla laittaa ulkomaalaista opiskelijaa paskaduuniin. Oot tosi hyvä puhuttamaan, jos pääset rosvoporukkaan, ja jos pääset ja pokaat saksalaisen gimman, niin älä vaan mene sanomaan sille, että sä oot ”Valaja”.

– Sä vedät hatusta? Mitä sä muka tiedät muista valuhommista kuin niistä?

– Oikeustieteilijä tietää. Kato, meitsi on perehtynyt siirtotyövoiman hyväksikäyttöön Saksassa ja lukaissut siinä sivussa valimoteollisuuden tarjoamista työsuhde-eduista, niistä merkittävin on vammautumisriski. Tyypillisin onnettomuus antiikkisessa hiekkavalussa on seuraava: kauhamies, vaikkapa Fritz Teufel, täyttää muotin liian nopeasti, syntyy kaasukupla, mikä räjäyttää muotin ja muotti kusee sulaa metallia valajan kengän sisälle. Ei ne uskalla laittaa sua valajaksi, kato, sä näytätkin partaiselta kakaralta. Sä pääset leikkimään hickkakakkuosastolle. Sä olet aina ollut ja tulet olemaan porukan Skidi. Kato, kaikki muut duunit valimossa on isojen poikien paskahommia. Funtsaa. Homma perustuu hiekkaan ja sideaineeseen sekä ontelomalleihin. Muotissa on kaksi puoliskoa, hiekka prässätään mallin mukaisesti metallikehikkoon, kastiin, syntyy uros- ja naaraskasti, ne lempataan päällekkäin, lirutetaan sulaa metallia valuaukosta, yleisimmin alumiinia tai lejeerinkiä, annetaan muotin jäähtyä, syntyy tuote. Monimutkaisten tuotteiden valmistuksessa tarvitaan keernoja, hiekkasydämiä, kakkuja. Kato, funtsaa positiivisesti, opit leipomaan tieteellisiä, tarkkoihin toleransseihin perustuvia hiekkakakkuja.

Tehdassalin välitasanteella kaiteen yli kurkottava poika teki havaintoja. Yhdellä neljästä rullaratalinjasta täytettiin muotteja urakkatahtiin. Linjan taakse, seinään, oli maalattu valkoinen, suuri ykkönen. Tehdassalissa juoksi kymmeniä likaisia kauhamiehiä isot aurinkolasit nenillään, täytettiin muotti, kiirehdettiin takaisin hehkuville padoille, tyhjennettiin kauha pataan, välillä ladattiin osaan padoista alumiiniharkkoja. Vieressä seisova Obermeister huusi pojan korvaan:

– Kemikaalit polttavat kuonaa sulan metallin pinnalta, siksi padat välillä liekehtivät. Kauha täytetään nopealla ranneliikkeellä, patojen yllä ilma on todella kuumaa, kauhottavan annoksen määrää tietysti valettavan tuotteen koko, valetaan muotin pintaan asti. Valukanava muodostaa tuoteaihioon jöötin, joka poistetaan viimeistelyosastolla, jöötit kierrätetään. Kauhaan jäävä reserviannos palautetaan pataan. Laadun kannalta nopeus ratkaisee, siis kauhan nopea täyttö, juoksu muotille, valu mahdollisimman nopeasti, muttei liian nopeasti, koska poistuva ilma muotin sisältä tarvitsee koko ajan vapaan reitin ulos, jos reitti tukkeutuu, niin muotti poksahtaa ja sulaa metallia saattaa roiskahtaa jaloille, siksi jokaisella valajalla on terässaappaat. Katso oikealle, hydraulisesti toimivaa, isoa kaatopataa. Memel ja Emre täyttävät juuri haarukkakantotelinettä, näet kohta ammattilaisten valusuorituksen, siinä tarvitaan pitkäkestoista voimaa ja keskittymistä. Tänään valetaan viisitoista sukellusveneen kansiluukkua, kohta pojat täyttävät tuon alapuolella odottavan ison muotin, katsellaan ja ihaillaan, kun Memel valaa. Poika piti Obermeister Köhleristä, mies oli rento, ei tyrkyttänyt, jätti tilaa. Poika ymmärsi, että saksalainen osasi johtaa, pitää kurissa ja järjestyksessä eri kansallisuuksia edustavat rosvojoukot, niin Olli oli sanonut.

Poika tarkkaili kahta risaisiin haalareihin pukeutunutta, kookasta miestä, kumpikin oli nostanut isot aurinkolasit otsalleen. Toinen mies paineli tottuneesti massiivisen, hydraulisesti toimivan padan ohjauspaneelin käsisäätönappeja, toinen asetti laitteiston hitaasti nousevalle pöytälevylle ensin haarukkakantotelineen ja seuraavaksi lievästi kartiomaisen terässammion. Kantoteline perustui yksinkertaiseen teräsputkirakenteeseen, tarvittiin pari metriä vankkaa putkea, sen toiseen päähän hitsattaisiin U-muotoon taivutettu putki, kanto- ja kääntökahvat, suora putki katkaistaisiin syntyneen rakenteen keskeltä ja pätkien väliin hitsattaisiin putkirengas, minkä keskelle sammio asetettaisiin.

Haarukkakantotelineellä sammiota kantavat miehet lähestyivät nopeasti katselijaa, juoksivat samaa tahtia hiipivällä, matalalla askellustekniikalla. Kaksi voimakasta miestä, edellä juoksi Emre, koska siinä päässä oli yksi aisa. Yli satakiloinen, pyöreäkasvoinen jättiläinen näytti onnelliselta ihmiseltä, hymyili herttaisesti. Sammio oli täynnä sulaa metallia. Takana tuleva Memel... poika pelästyi, ei ollut aikaisemmin nähnyt niin hurjaa ihmisolemusta. Leveäharteisen, ruman miehen kaidat kasvot koostuivat syvistä juonteista, silmistä sinkoili peittelemätön viha. Miehen valtavat, paljaat, kuhmuraiset käsivarret kiilsivät hiestä, tummat hikinorot elivät iholla, kun hiki sitoi lisää pölyä ilmasta.

Miehet pysähtyivät suurikokoisen muotin vierelle, hakivat oikeaa paikkaa valuaukkoon nähden, nyökkäsivät samanaikaisesti toisilleen, suojalasit putosivat automaattisesti valajien nenille, peittivät lähes puolet miesten kasvoista, esitys alkoi. Emre toimi tukipilarina, kun Memel alkoi kääntää haarukasta hitaasti, se vaati mielet-

tömästi voimaa, täysi sammio painoi arviolta sata kiloa.
Samanaikaisesti muotin toiselle puolelle ilmestyi kaksi
kauhamiestä, sillä puolella muottia näkyi kaksi valuauk-
koa. Memel huusi, kauhamiehet valoivat. Poika oletti,
että muotin sisältä ajettiin ilmaa ulos. Memel valoi, sula
metalli valui sammiosta tasaisena purona valuaukkoon.
Poika oli nähnyt ihmeen, täydellisen ajoituksen ja täy-
delliset suoritukset.

— Ei edes voimistelijan painajainen, ristiriipunta, oo
mitään tohon verrattuna. Pitää päästä koklaamaan,
mutta korkeintaan puolella sammiolla, Olli hoitelisi tup-
lasatsin, iso poika pystyy pysymään hievahtamatta ris-
tiriipunnassa niin kauan, että katselijoille tulisi nälkä.

Pojan vieressä seisova Obermeister hymyili, vaikka
karjui pojan korvaan melusta johtuen, isot tärypöydät
oli käynnistetty:

— Et hyväksynyt rahakasta tarjoustani työkalusuunnit-
teluosastolla, halusit jotain muuta työtä. Nyt olet omin
silmin nähnyt, muuta hommaa ei löydy kuin valu. Pa-
lataanko suunnitteluosastolle?

— Ei. Haluan linjalle Yksi.

— Miksi?

Poika, omasta mielestään taitava valehtelija, keksi hel-
posti hätävalheen:

— Löin vetoa, että pärjään valajana.

— Paljon?

— Tonnin.

— Pärjäätkö?

— Joo.

Obermeister Köhler nauroi.

Neljä kuukautta aikaisemmin tehtaan toimitusjohtaja, Karl-Heinz Ammer, oli sanonut aamupalaverissa, yleensä rationaalisessa tilaisuudessa:

– Horst. Suurin uutinen aamupostissa on se, että suomalainen nuorukainen hakee meiltä kesätyöpaikkaa. Poika haluaa valajaksi. Odota, etsin paperit, kannattaa lukea.

– Älä helvetissä! Ei valajaksi haluta, siksi joudutaan, jos fysiikkaa ja keskittymiskykyä riittää.

Miehet hymyilivät, kumpikin oli vieraillut helvetissä, raatanut kesätöissä linjalla Yksi, duunista maksettiin siihen aikaan hyvin.

– Olen monella tapaa otettu hakemuksesta. Kerron erään syyn, muistat, kun aloitimme nuorukaisina opiskelun Münchenin teknillisessä korkeakoulussa koneenrakennusosastolla ja samanaikaisesti kansakoulukaverimme Fritz Remmers aloitti teknillisen fysiikan osastolla. Fritz rupesi heti tiedemieheksi, muuttui hajamieliseksi, eikä alakoulukaverimme enää tuntenut meitä.

Miehet melkein ulvoivat naurusta. Karl-Heinz heitti hakupaperit Horstille, sanoi:

– Lue. Puhun päälle. Olen otettu. Laitetaan poika työkalusuunnitteluosastolle, tarjotaan kunnon palkkaa, huomaat, että poika on syntynyt vuoden viimeisenä päivänä, tottunut olemaan joukon nuorin. Loistavat todistukset ja suositukset. Onkohan ne väärennetty? Opiskelee teknillistä fysiikkaa Otaniemessä, teknillisessä korkeakoulussa, harrastaa jalkapalloa, musaa ja koodausta, katso valokuvaa tarkkaan, kiiltokuvapoika, joka on kasvattanut parran. Katso silmiä, huomaatko päättäväisyyden?

– Luultavasti nokkela. Sopisi Vuoripelastusseuraan.

Muista harjoitukset ensi sunnuntaina, mennään välillä minun autollani. Tulen hakemaan aamukuudelta.

– Kiitos.

– Eivät todistukset ole väärennöksiä, ne ovat notaarin vahvistamia käännöksiä. Mielikuvitusrikas, sekin näkyy silmistä.

Toimitusjohtaja avasi tilauskirjan, kysyi:

– Saatko tänään valmiiksi seuraavan jakson ajoitustaulukon?

– Saan.

– Ai niin. Pitää soittaa Herr Remmersille. Kansainvälinen huippuopiskelijoiden asuntola saa kesäkuussa uuden asukkaan. Vien pojan henkilökohtaisesti, haluan kuunnella, kun kaksi tiedemiestä keskustelee.

Horst Köhler huokasi:

– Meillä ei olekaan vielä yhtään suomalaista, kaikkea muuta löytyy...

Obermeister huusi pojan korvaan:

– Matkassa on pari muttaa. Realistina en usko, että kukaan löisi vetoa siitä, mistä ei tiedä mitään. Kerrot toimitusjohtajalle itse päätöksestäsi ja vedosta, kun tapaatte työpäivän jälkeen. Hän vie sinut Markwaseniin, asuntolaan ja haluaisi osallistua asuntolan tulohaastatteluun. Sopiiko?

– Sopii.

– Hyvä. Saattaa kuitenkin olla, ettei sinulla ole mitään kerrottavaa, koska toinen ”mutta” on hankala. Linja Yksi kuuluu turkkilaisten reviiriin. Turkkilaisten kuningas, Memel, sanoo viimeisen sanan tulijoista. Epäilen mahdollisuuksiasi. Haluatko kokeilla?

– Kokeillaan.

– Tehdään niin. Hoidetaan neuvottelu pihalla... pahus, hakulaite täryttää taskussa, käyn työnjohtajien huoneessa soittamassa. Tavataan pihan perällä, alumiiniharkkovaraston edessä. Tuon Memelin tullessani. Odotan jännityksellä neuvonpitoa. Varo trukkeja, italialaiset mafiosot päättävät kuskeista.

Obermeister lähti, nauroi. Miehen positiivinen elämänasenne ja rohkeus tunnettiin Saksan Alpeilla, kaksi hengenpelastusmitalia, sitä poika ei tiennyt.

Piha, välivarasto tulevalle ja menevälle.

Poika tutki alumiiniharkkoihin lyötyjä leimoja, yritti avata koodia, oli lukenut Tekniikan Maailmasta merialumiineista, seostetuista, kaiken kestävistä raaka-aineista. Poika luovutti, nautti, pieni tuulenvire hemmotteli kasvoja, lämpötila oli hivenen alle kolmeakymmentä astetta, tehdassalin helvetissä oli ollut paljon kuumempaa. Pala sinistä taivasta siinsi korkeiden tehdashallien yläpuolella, oli kesäkuun ensimmäinen päivä, erilainen kuin lapsena, silloin lähdettiin lomalle, nyt töihin, se oli hyvä niin. Poika tunsi itsensä aikuiseksi.

Tukeva poika lakaisi pihaa laiskasti, aiheutti pienen pölypilven, lähestyi poikaa verkalleen.

– Jugo? Italialainen? tuumi poika.

”Umberto”, esittäytyi lakaisija. ”Pekka”, esittäytyi Pekka. Syntyi keskustelu, yhteisiä sanoja löytyi vähän, löytyi viittomakieli. Umberto myi tehdassaleissa juotavaa, huusi: ”Bier und Limonade”, veti pullokärryjä perässään, teki kauppaa, oli liikemies. Tauoilla liikemiehen piti lakaista pihaa, siitä Umberto ei pitänyt, tukeva poika kirosi italiaksi. Yllättäen Umberto ryhtyi lakaisemaan pihaa rivakasti, syntyi pölyä haitaksi asti. Pekka köhi, ymmärsi syyn ahkeruuteen, kolme henkilöä oli ilmestynyt suurimman valimorakennuksen takaovesta kapealle ja pitkälle pihalle, Obermeister, Memel ja Emre. Neuvonpito alkaisi, poika veti syvään henkeä, aivasti, vaikka Umberto oli jo kaukana, hävinnyt pölypilven keskelle.

Memel puhui sujuvasti saksaa, poika joutui etsimään sanoja. Turkkilainen tivasi, ei ymmärtänyt, miksi pikkupoika halusi isojen miesten töihin, eikä Pekka voinut kertoa todellista syytä, kateutta, vaan toisti kahta sanaa:
– Oikeaa työtä.
Katsottiin suoraan silmiin, siinä lajissa poika pärjäsi, Memel räpäytti ensin, eikä kuningas näyttänyt enää pelottavalta. Poika oli harjoitellut lajia jo lapsena Ollin ja Lörden kanssa.
Oltiin pattitilanteessa, minkä laukaisi hymyilevä Emre, joka kaivoi jostain haalareidensa sopukoista vanhan, mustavalkoisen valokuvan ja näytti sitä Pekalle. Se oli kaunis valokuva, kukkivan kirsikkapuun edessä seisoi perhe, isä, äiti ja kolme poikaa, yksi pojista, isokokoisin, hymyili leveästi, kahdella pienemmällä pojalla kasvoi jo parta. Pekka osoitti hymyilevää poikaa etusormellaan, sanoi:
– Emre.
Onnellinen jättiläinen osoitti sormellaan toista partaista poikaa, sanoi:
– Pekka, ja lisäsi jotain turkiksi. Memel käänsi:
– Isoveli.
Memel kääntyi kohti Obermeisteria, tiuskaisi:

– Tulkoon, mutta vain kaksi kuukautta. Minä opetan. Aloitetaan heti, ensin suojavarusteet.

Matkalla sosiaalitiloihin Obermeister hämmästeli:
– Ihme. On olemassa jokin oppi sukulaiskansoista, unkarilaiset, suomalaiset ja turkkilaiset. Ihme juttu, pääset ruokatunnilla syömään linja Ykkösen kabinettiin, sinne hyväksytään vain eliitti, huoneessa on valtava tammipöytä, on tapana, että uusi tulokas lyö keskelle pöytää veitsensä pystyyn muiden veitsien seuraksi.
– Syön pihalla, sanoi poika.
Obermeister jatkoi hämmästelyään:
– Ihme juttu. Yleensä voimakas, peritty heimokulttuuri muodostaa esteen. Emre ja parta pelastivat sinut haluamaasi siirtotyöläisen arkeen, kovaa työtä, työ palkitaan rahalla, työsopimus tehdään kahdeksi vuodeksi, johtuu byrokratiasta, työluvasta, vain parhaille myönnetään lisäaikaa, siitä se Saksan talousihme suurelta osin syntyy. Memel ja Emre valavat seitsemättä vuotta, ovat korvaamattomia ammattilaisia, raatavat omasta halustaan. Maailma on täynnä ihmeitä. Memel on terävä-älyinen, älä rupea väittelemään, Memel pitää omistaan huolta, nousit valimon heimohierarkian ylimpään kastiin. Memel ja Emre ovat varmasti sukulaisia. Emre saattaa olla Memelin kälyn veljen ottopoika, tärkeä henkilö heimolle. Ihme juttu. Baden-Württembergin osavaltion työaikalain mukaisesti työ alkaa kello seitsemän, päättyy kuusitoista viisitoista. Olen pahasti myöhässä, varasin tapaamiseen aikaa vartin. Menet tuohon isoon rakennukseen, sanot aulassa, kopissaan istuvalle Gregorille, mukavalle, vanhahkolle miehelle:

– Linja Yksi, uusi valaja, Horstin lähettämä. Gregor järjestää loput, näyttää ruokailu- ja peseytymistilat, antaa kamppeet ja kaapin. Olen otettu. Lykkyä!

Haalareihin pukeutunut, tuore valaja istuu pukeutumistilan penkillä, mietiskelee vetäessään raskaita, teräsvuorattuja saappaita jalkoihinsa:

"Horstissa on paljon Ollia, tosin huomattavasti jalostuneemmassa muodossa... Horst tietää paljon, ei kuitenkaan vittuile..."

Pekka ottaa kaapin ylähyllyltä suojalasit, suuret, violetit linssit peittäisivät puolet naamataulusta. Pekka asettaa lasit otsalleen, päättää kokeilla aikaisemmin tehdassalissa nähtyä temppua, nyökkää nopeasti päällään alaspäin ja lasit tippuvat nenälle, Pekka tuntee itsensä lähes ammattilaiseksi.

Oli todellakin kesäkuun ensimmäinen päivä, kesä oli alkanut virallisesti, kävellessään kohti suurimman tehdashallin takaovea Pekka yrittää relata, päättää ajatella jotain kliffaa.

Kesäloma alkaisi elokuun toisena päivänä, lähdettäisiin Ollin kanssa viikoksi kalaan Keski-Suomeen, Konnevedelle, koskille. Siellä odottaisi vanha uittokämppä, Antti-enon ja samoojien läntisin piilopirtti, saataisiin lainata samoojien kanootteja ja perhokalastuskamoja. Eno, esikuva, kirjailija ja tunnettu teatterimies, oli järjestänyt luvat, yksi samoojista omisti koskiosuuksia. Kävelijä hymyilee leveästi, pojat olivat edellisen kerran olleet Konnevedellä toissa kesänä. Lähdettiin melomaan aamuyöstä tyyntä järvenselkää kohti ensimmäistä koskea, Siikakoskea, vatsassa nipisteli, laskettaisiin seitsemän koskea... neljäs koski, Kellaankoski, hurjin, pisin ja pelottavin lähestyi, pojat kuulivat kaukaa mahtavan, nopeasti voimistuvan pauhun. Reput ja perhovehkeet oli pakattu kanoottien jalkatiloihin.

Olli lipuu edellä virrassa, ohjaa melalla, huutaa pauhusta johtuen:

– Vasemmalta, voimalaitoksen padon aukosta! Kellaankoski ei tunne armoa! Saa nähdä, leikitäänkö märkää vai likomärkää poikaa? Sen, minkä kesä kastelee, sen kesä kuivaa! Skagaatko?

– Snadisti, huutaa poika.

– Niin meitsikin! Pysy peesissä! Ajetaan alkukiihdytyksen jälkeen isojen stebujen oikealta puolelta, muista pukata melalla kivistä, muuten pyörre keikauttaa! Alhaalla suvannossa heitellään, otan vihreän perhon, kato, tänään on se päivä, iso odottaa meitsiä! Nyt mennään, alkaa pikataival...

Junassa, paluumatkalla Jyväskylästä Helsinkiin, iso poika oli hoitanut puhumisen, vaahdonnut yli neljä tuntia "Suuresta kamppailusta". Olli oli heittänyt Intiaanitekniikalla mitättömään pyörteeseen suvannossa, tarkasti... taimen otti... iso poika nousi seisomaan kanootissa, huusi:

– Vähintään viisi!

Kellahti veteen... niin... olihan se ollut sankariteko... iso poika oli uinut suvannossa. "Vapa koko ajan hallinnassa"... ei se missään hallinnassa ollut, vaan veden alla... loppusiima oli ollut nolla-kahta-viittä... se nyt sentään pitänyt paikkaansa...

– Kato, meitsi osaa, täydellinen väsytys mikrosiimalla. ABU:n vaaka valehteli. Kato, ei ruotsalaiset osaa mitään muuta kuin leipoa vehnäpullaa, ja kun ne ei osaa mitään muuta, niin ne leipoo lisää vehnäpullaa.

Vaaka oli valehdellut, näyttänyt neljää ja puolta kiloa. Iso poika perusteli virheen junamatkan aikana monella eri tavalla, esimerkiksi:

– Järvitaimen kuuluu jalokaloihin ja jalokalan maku paranee koon kasvaessa. Meitsillä on tarkka makuaisti. Maun perusteella taimen painoi vähintään kuusi kiloa.

Saavuttiin Helsingin rautatieasemalle, taimen oli kasvanut, tuskin mahtuisi junaan. Onneksi se oli syöty.

Kahdessa viikossa valajan kämmeniin kasvoivat känsät. Aluksi ilmestyivät vesirakot, ne puhkesivat, syntyi veristä töhnää, laastari teki kauppansa, viimein muotoutuivat känsät. Siinä vaiheessa mikään ei enää erottanut suomalaista turkkilaisista. Pekka oli saanut ”Pikkuveljen”, hymyilevän Emren. Lyhyillä juomatauoilla katsottiin vanhaa valokuvaa yhdessä, joskus Memel käänsi Pekalle Emren heimon tarinaa saksaksi, tositarinaa, mikä huipentui Osmanien kultaan ja Kemal Atatürkiin, petturiin, Sulttaanin kenraaliin, joka oli länsimaalaistuneine kätyreineen kaapannut vallan ja luullut ryöstäneensä Emren heimon kaiken kullan, niin ei kuitenkaan käynyt, vaan arvokkain osa kullasta piilotettiin Itä-Anatolian vuorille. Emre tiesi paikan, muttei muistanut.

Enimmäkseen valajat kiroilivat, paitsi hymyilevä Emre. Kaikki haistoivat padoista leijailevan vienon kloorin tuoksun, kun jokaisen hiki sihisi vuorollaan pätsissä osuessaan vellovan, punahehkuisen, sulan metallilammen pintaan, kauhotut annokset juostiin perille, yksikään valaja ei mokannut, muotit täyttyivät sulalla metallilla, syntyi korkealaatuisia tuotteita, koskaan ei mainittu sanaa "ammattiylpeys", koska juostiin linjalla Yksi, pelkkä numero riitti.

Useimmat valajat elivät omissa mielikuvitusmaailmoissaan, jossain kaukana unelmissa odotti kaunis nainen. Pekankin vilkas mielikuvitus rikkoi viimeiset raja-aidat, poika näki silmissään paratiisin, Uskadaaran, Istanbulin esikaupungeista kauneimman.

Sinä kesänä, kahtena ensimmäisenä viikkona, Etelä-Saksaa koetteli helleaalto, sen seurauksena hiekkapöly liimaantui lisääntyvinä, mustina noroina jokaisen valajan kasvoihin ja paljaisiin käsivarsiin. Rosvojoukko haisi.

4.1

Lakisääteiset tauot poika vietti tehtaan pihalla, sen alkupäässä, istui maassa kivetyksellä, nojasi hallin tiiliseinään. Piha, pitkä käytävä korkeiden hallien välissä, toimi alati muuttuvana välivarastona, tavaraa tuli ja meni. Ankean ympäristön pelasti pala sinistä taivasta istujan yläpuolella, silloin tällöin näkyi lintuja, harvoin joku niistä jäi kaartelemaan, linnut nauttivat vapaudestaan.

Ruokatunnin aluksi poika juoksi peseytymistiloihin, muuttui kasvoiltaan ja käsivarsiltaan vaaleammaksi, käveli lähikauppaan, osti litran täysmaitoa, pari persikkaa ja juustotiskiltä paksuina siivuina saksalaista emmentalia, tahkojuustoa, mikä hikoili rasvaa, suomalainen mustaleimahan itki, kyyneleet muodostuivat vedestä. Asuntolasta poika sai mukaansa joka aamu eväät, muovirasian. Kannen avaus kuului päivän kohokohtiin, harvoin poika pettyi, sanoi silloin:

– Yllätysmakkaraa...

Kolmannen viikon alussa pihalla istuva valaja näki ihmeen siinä miljöössä, tyttö, tyttö lähestyi, oli vielä kaukana, hävisi toimistorakennukseen. Kauniisti kävelevä, hento tyttö, tumma, kastanjanruskea poninhäntä, kävelypuku, iso musta salkku, se yhdistelmä pisti miettimään. Poika tiesi kysymättä, että tyttö oli urheilija, vain urheilevat tytöt kävelivät niin rennosti ja sulavasti. Poika tiesi lisäksi, ettei koskaan uskaltaisi kysyä siltä tytöltä urheiluasiasta, päättäväisyys leimasi tytön olemusta, sellainen tyttö tietäisi tarkalleen, mitä tekisi.

Ristiriita, hentous ja henkinen voima oli uutta pojalle, jonka mielikuvitus tarjosi erilaisia vaihtoehtoisia selityksiä, "Urheileva talousnero" jäi lopputulokseksi, koska tyttö kantoi salkkua.

Seuraavana päivänä samaan aikaan poika istui paria metriä lähempänä tytön tuloreittiä, tyttö tuli, ei huomannut poikaa.

Päivä päivältä tyttö muuttui kauniimmaksi, koska poika näki tytön lähempää.

Kahden viikon kuluttua poika istui suunnilleen seitsemän metrin päässä siitä ovesta, josta tyttö katoaisi. Seuraavalla viikolla pojan PTS-suunnitelma tuottaisi tuloksen, tyttö kompastuisi poikaan, mutta sillä kertaa tyttö huomasikin pojan, katsoi poikaa, joka näki tytön kauniit, suuret silmät, silmät hymyilivät säälivästi, jotenkin äidillisesti. Mikä muu tahansa katse, vaikka ylenkatse tai räkäinen nauru olisi tuntunut taivaalliselta, mutta se äidillisyys... Seuraavana päivänä tyttö ei enää tullut, ja pala sinistä taivasta, jonka poika näki, kaventui. Poika ymmärsi kurkottaneensa, mutta silmien kuva jäi, sentään jotain, kuva realisoitui. Poika tunsi tytön, ei tyttö ollut pelkästään urheileva talousnero, vaan Saksan Elizabeth Taylor, esikuva elokuvaan "Jättiläinen".

Se seikka, että poika oli tunnistanut tytön, johtui pitkälti Ollin valinnoista. Omassa lukiossaan iso poika järkkäsi valinnaiseksi kielekseen ranskan. Iso poika joutui käymään oppitunneilla Helsingin ranskalais-suomalaisessa koulussa, Eirassa. Iso poika hurahti ranskalaisuuteen.

Pekka oli siihen aikaan täysin varma, että iso poika aivopestiin Eirassa. Ranskalaisuus, maan historia ja kulttuuri, elokuvan uusi aalto, täyttä paskaa Pekan mielestä, mutta Olli korosti Ranskan suurta vallankumousta, kaikki hyvä johtui muka vapaudesta, pyrkimyksestä vapauteen... olihan muillakin kansoilla oma vapaushistoriansa ja kulttuurinsa. Poika tiesi, että Olli muuttaisi jonain päivänä Ranskaan, se nyt oli täysin selvää, kaikki aivopestyt tekivät niin kuin käskettiin. Siihen mennessä pojan piti aikuistua, niin iso poika oli sanonut.

Iso poika järjestäytyi omassa lukiossaan, verkkoutui. Pojan mielestä Olli kietoutui hämähäkinseittiin, jonain päivänä hämähäkki söisi sopivasti muumioituneen ison pojan ja saisi ähkyn.

Iso poika valittiin koulunsa elokuvakerhon vetäjäksi, pelkkää uutta aaltoa, ei mitään särmää...

Iso poika valittiin koulunsa teinikunnan puheenjohtajaksi, Olli neuvoi poikaa:

– Bonjaa kulttuuria, verkkoudu, laajenna! Ei pulinoita. Joo, kato, sä oot oman lukiosi jalkapallojoukkueen kapteeni, joo, mutta elämässä skulataan muutakin kuin fudista. Aloitetaan elokuvista.

Siihen aikaan elokuvateatteri Metropolissa esitettiin Helsingin teineille edullisia näytöksiä.

Olli soitti, puhkui intoa:

– Tää pitää kaikkien nähdä, ihmissuhdedraama, «Jules ja Jim», itse Truffaut on ohjannut filmin.

– Löytyykö juonta? Ei kai vaan mitään Warholia?

– Täyttä tavaraa. Järkkäsin sulle vapaalipun, tavataan aulassa.

Elokuva.

Ei se mikään elokuva ollut, juoni puuttui. Kaksi miestä ja yksi nainen. Ei se niin mene, vaan yksi nainen ja yksi mies. Elokuvan alkukin oli pelkkää hieromista, maisemia ja helvetin huonoa musaa, eikä poika löytänyt edes juonen tynkää, sulki silmänsä, rupesi leikisti kuorsaamaan, esitti henkilökohtaisen mielipiteensä.

Käveltiin Kaisaniemenkatua alaspäin kohti Assaa, snagaria. Olli sanoo:

– Arvaa vaan, hävettikö sun lapsellinen pelleily? Ethän sä koskaan kuorsaa, vaan piereskelet unissasi tuubamusaa. Sun kanssa ei edes kannata yrittää pohtia mitään järkevästi, kato, kakarat ei osaa kuin pamlata. Kato, olisi mielenkiintoista pohtia Catherinen valintaa, mutta, kun ei, niin ei...

Poikaa hävetti, poika tiesi ylinäytelleensä, eikä poika edes tiennyt kumpi niistä kahdesta sällistä oli se itävaltalainen ja kumpi se ranskalainen, joten poika muotoili sanansa diplomaattisesti:

– Puhut vapaudesta, suuresta, voimistuvasta vapaudesta. Onhan täysin samantekevää, kumpi sälleistä voittaisi Catherinen rakkauden, ranskalainen vai itävaltalainen? Truffaut analysoi vapautta, syvää ystävyyttä.

Iso poika pysähtyi, takoi toista selkään, eikä se tuntunut kivalta.

– Pekka, toi on se juttu, se suuri vallankumous... täytyy miettiä, jos Catherine olisikin valinnut toisin... Jeanne Moreau...

Lähestyttiin Assaa. Olli huokaili. Pekkaa säälitti, iso poika oli sortunut kaukorakkauteen.

Seuraavalla viikolla Metropolissa oli vuorossa Jättiläinen, kolme tuntia kestävä spektaakkeli, jossa esiintyisi James Dean, särmää ja syvää intohimoa, eikä Olli meinannut tulla mukaan, vaikka Pekka maksaisi liput.

– Amerikkalaista skeidaa, unelmaa, mikä ei toteudu, kato, ei kai yksi ylimarkkinoitu Dean murra unelmaa missään muualla kuin ylidramatisoidulla valkokankaalla. Uusi aalto käsittelee todellisuutta, elämää.

Poika sinnitteli, veti väärästä narusta:

– Laajenna. Elokuva koostuu huippunäyttelijöiden suorituksista. Kenelle sä antaisit Oscarin?

– Kato, joo, paskaa pitää markkinoida, haju ei käy muuten kaupaksi. Mä tuun, sähän kuorsasit viimeksi. Kyllä meilläkin osataan.

Tavattiin aulassa. Iso poika käyttäytyi normaalisti, oli ehkä hivenen yliystävällinen.

Elokuva alkoi, juoni löytyi, jännite lisääntyi.

Leslie Benedict... poika rakastui. Olli oli kostanut lapsellisesti, muka haukotellut, levitellyt käsiään. Poika joutui kurkkimaan ison pojan räpylän yli tai ali. Juuri kun Leslie suuteli, niin räpylä peitti pojan näkökentän. Poika löi kättä. Iso poika kuiskasi:

– Tämä on sivistynyt tapa osoittaa mieltään. Ääntely häiritsee montaa katsojaa, tämä vain yhtä.

Käveltiin taas Kaisaniemenkatua alaspäin Assalle, snagarille. Oltiin sujut. Poika kysyi tietoviisaalta:

– Missä muissa elokuvissa Leslie Benedict esiintyy?

Olli oli katsonut säälivästi kaveriaan.

– Mäntti! Herää! Se on roolinimi. Ootas, jotain muuta sulle sopivaa, «Kissa kuumalla katolla», ei, liian taiteellinen. Keksin. Elizabeth Taylor aloitti lapsinäyttelijänä elokuvassa "Lassie palaa kotiin".

Poika kävi katsomassa filmin seuraavana sunnuntaina Sinisessä kuussa, Taka-Töölössä, lastennäytöksessä. Tarinassa olisi juoni, palaisiko Lassie?

MGM:än leijona karjui, salissa istuvat lapset huokasivat yhteen ääneen "Ooh", niin poikakin, joka jäi nalkkiin juonen koukkuihin.

Reutlingenissa, valimon pihalla istuva mustapartainen nuorukainen huokaa, ei olisi koskaan uskonut näkemättä elokuvaa, että salkkua kantanut tyttö oli jo lapsena ollut niin kaunis.

Yhdeksän vuotta myöhemmin.

Haikon kartanon kuuluvien peltojen piirittämällä kukkulalla, sen laella, kivialttarilla istuu mustapartainen mies, joka näyttää onnellisen surulliselta, erikoinen yhdistelmä, mikä perustui tasapainoon, onni ja suru kompensoivat toisiaan. Istuja oli oppinut nuorukaisena Saksassa puolessatoista viikossa tasapainon merkityksen. Oppimiseen tarvittiin älykäs opettaja. Istujalla oli ollut sellainen, taitava sellainen. Opettaja aloitti perusasioista: viha, rakkaus, ystävyys ja surutyö. Samoja asioita käsiteltiin monissa elokuvissa turhaan, koska oppiminen vaati käytännön harjoituksia. Istuja oppi tehokkaimmin raskaiden harjoitustöiden kautta, rankin niistä opiskeltiin Markwasenin tennishallissa. Harjoitus sisälsi hikeä, ilkeyttä, kiljumista ja kyyneliä, koska tasapainon merkityksen ymmärtäminen vaati eri tekijöiden keskinäisen suhteen sisäistämistä, kaikki oppilaan henkiset voimavarat, siitä seurasi fyysinen väsymys, jokin ihmeen transsitila, kun valo tuikki pään sisällä, eikä sen ulkopuolella... yksinkertaistettuna käsiteltiin kipinää ja liekkiä... mistäpä muustakaan olisi voinut olla kysymys?

Opettajan sinnikkyys palkittiin, kovapäinen oppilas mielsi monimutkaisen kokonaisuuden tyydyttävästi, läpäisi kurssin.

Istuja hymyilee. Surullisuus katosi, jäi vain onni.

"Surutyö on vaikeinta. Onnistunut surutyö", niin opettaja oli opettanut.

5.

Kesäkuun viimeinen lauantai.

Markwasen. Bussipysäkki. Oppilas oli kävellyt asuntolasta hyvissä ajoin pysäkille. Odotettu, suuri seikkailu alkaisi, rannekello näytti kahtakymmentäviittä minuuttia yli aamuviittä. Sataa tihutti, pysäkin katos suojasi, pitkään jatkuneiden helteiden jälkeen ilma tuntui raikkaalta ja viileältä.

Oppilaalla oli yllään ohuen, mokkanahkaisen puseron alla norjalaismallinen villapusero, pojan vanhempien tuoma tuliainen Hammerfestistä. Vaalean mokkapuseron oli ostanut ylioppilaslahjaksi Antti-eno Pariisista.

Opettaja saapuisi volkkarillaan tasan kello kuudelta, opettajat kuuluivat täsmällisiin ihmisiin, vaihdettaisiin kuskia ja suunnistettaisiin kohti Saksan Alppeja.

Oppilas oli herännyt asuntolassa jo ennen viittä, hiljentänyt herätyskellon, harjannut hampaat, juonut kaksi lasillista vettä, istuutunut pöydän ääreen ja kirjoittanut selvityksen siitä, miksi palaisi asuntolaan vasta sunnuntaina aamupalalle. Tarkka, tieteellinen selvitys perustui Deutsche Bundesbahnin reittiaikatauluun välillä Reutlingen–Stuttgart–Hannover–Hampuri. Kirjoitusurakan jälkeen poika pukeutui nopeasti, vihelteli ja poistui huoneesta, lukitsi oven, juoksi portaat alas ensimmäiseen kerrokseen, tiputti selvityksen Herr Remmersin toimiston ulkopuolelle ripustettuun postilaatikkoon, jossa luki: Berichte und Studien. Poika pysähtyy huomattuaan, ettei selvitys tippunut kokonaan laatikkoon.

Poika arvaa, että laatikko oli lähes täynnä selvityksiä, palaa, antaa kämmenellään alhaaltapäin laatikolle kunnon töötin, selvitys tippuu aukosta...

Poika avaa asuntolan ulko-oven, astuu ulos, vetää syvään henkeä, haaveilee, ei huomaa kaunista maisemaa, kävellessään reippaasti puistotielle, tien päässä näkyy bussipysäkki, sitäkään poika ei huomaa, vaan näkee silmissään tytön, opettajan.

Bussipysäkillä seisova poika hymähtää muistaessaan opettajan kysyneen torstaina:

– Onko sulla villapaitaa?

– On.

– Ota mukaan lauantaina. Ylhäällä tuulee. Äiti hoitaa loput. Muista laittaa selvitys Herr Remmersin postilaatikkoon.

– Kyllä, mutta vasta viime tingassa, muuten tiedemies ehtii luennoimaan vaihtoehtoisista lähestymistavoista käsiteltävään aiheeseen. Selvitys tulee koskemaan rautatieaikataulujen testausta.

– Muista, ettet missään tapauksessa mainitse selvityksessä minua. Isä ja Herr Remmers ovat opiskelutovereita.

– En tietenkään mainitse.

– Hyvä. Isä sanoo, että Herr Remmers johtaa hoitolaitosta, mikä tulee kalliiksi veronmaksajille, toisaalta isä säälii synnynnäistä tiedemiestä. Siteeraan isää: "Kansainvälinen, ulkomaalaisille korkeakouluopiskelijoille suunnattu, kannustava luovuuden kehto. Ei sinne päinkään. Hoitokoti. Kokematonkin tarkkailija tekisi hetkessä tieteellisen perushavainnon: osa porukasta on huijareita, sen näkee naamoista."

Oppilas oli nyökännyt.

Poika sukii käsillään märkää, kihartuvaa, otsalle valah-
tanutta tukkaansa taaksepäin, miettii vakavana:

– Alkaisi surutyö, eikä opettaja-oppilas-ajattelu enää
auttaisi, pitäisi kohdata totuus, tyttö, jonka poika me-
nettäisi...

Viikon jokainen ilta oli vietetty yhdessä. Pysäkille pa-
lattiin aina puolenyön seutuvilla, vaihdettiin kuskia,
suudeltiin, sovittiin seuraavasta päivästä, suudeltiin ja
erottiin aivan liian moneksi tunniksi. Kaunis elokuva
loppuisi seuraavana torstaina, kello kahdeksantoista, tu-
tulla bussipysäkillä viimeiseen suudelmaan, erottaisiin
lopullisesti, sitten poika vain nukkuisi. Poika oli huolis-
saan opettajasta, joka lentäisi perjantaina aamukoneella
New Yorkiin kohti uusia haasteita, opettajatkin tarvit-
sevat unta.

Eilenkin oli tavattu bussipysäkillä kello kahdeksan-
toista, kuten aina. Opettaja saapui volkkarillaan, suu-
deltiin, vaihdettiin kuskia, ajettiin Müncheniin, haettiin
opettajan opiskelija-asunnosta sinne kertynyt posti, seu-
raavaksi käytiin elokuvissa, katsomassa opettajan vaati-
muksesta ”Jules ja Jim”, koska oppilas oli alkuviikosta
kertonut ystävästään, Ollista, opettajan udeltua ensin:

– Minkälaisia kavereita sulla on Suomessa, kai sulla
tyttöystävä on?

Oppilas kertoi totuuden, eikä opettaja uskonut:

– Narraat. Totta kai sulla on tyttöystävä. Sä harhau-
tat, muka vain yksi tosiystävä, Olli, iso poika, sua puolta
vuotta vanhempi. Kerro nyt vaan, edes tytön nimi. En
tule mustasukkaiseksi, menen oman poikaystäväni

kanssa kihloihin syyskuussa, niin päätin vuosi sitten, hän on parhaillaan Yhdysvalloissa. Kun tapasin sinut, kerroin sinulle päätökseni, ehkä muistat, joten sinäkin voit kertoa...

Opettaja halusi tietää kaiken Ollista, käytiin lävitse lähes tunnin mittainen psykoanalyysi, koska aiempi, eletty elämä vaikuttaisi oppimisen lopputulokseen, etenkin jos menneisyydestä löytyisi traumoja. Vain oppilas, potilas, oli ollut oikeassa, psykoanalyysin edellyttämässä tutkimusasennossa selällään, koska maattiin vierekkäin sohvalla analyytikon vastaanottotilassa, opiskelija-asunnossa Münchenissä. Käytiin lävitse muun muassa potilaan traumaattinen kokemus vuosia aikaisemmin elokuvateatteri Metropolissa. Jules ja Jim oli ollut potilaan mielestä huono elokuva. Oppilas kuului oveliin potilaisiin, ei kertonut koettua, aitoa tunnetta: "Täyttä paskaa".

Potilas salasi myös analyysin onnistumisen kannalta oleellisen tiedon, potilas tiesi täysin varmasti, että analyytikko oli Saksan Liz Taylor.

Psykoanalyysi epäonnistui, vaikka analyytikko sinnitteli, antoi lopulta periksi, ei löytänyt potilaan kertomuksista päätä, ei häntää, järkevät, yksiselitteiset, kokemuksia linkittävät tekijät puuttuivat tyystin. Joitakin esimerkkejä epäonnistuneesta psykoanalyysista, jolloin analyytikko toistaa mielessään potilaan kertomuksen, koska ei ymmärrä sitä tai kertomuksen synnyttämä kysymys jää roikkumaan ilmaan:

...jättiläinen, eihän koko ja järki?

...oliko Olli tavallaan holhooja?

...Olli tietää kaiken, kannattaa kysyä aina ensin Ollilta?

...oikeustieteellisessä, ylivoimainen oppimisnopeus, melkein mun tasoa?

Psykoanalyytikon lopetussanat, yhteenveto:

– Minäkin haluaisin ikioman Ollin. Lähdetään etsimään, aloitetaan Augsburgista. Ylös ja baanalle.

Eilenkin, paluumatkalla Reutlingeniin, parkkeerattiin Augsburgissa pariksi tunniksi, käytiin iltatorilla, ostettiin herneitä ja mansikoita, istuttiin "meidän puistossa", "meidän penkillä"...

Käveltiin vanhassa keskustassa, löydettiin paikka, mitä etsittiin, pieni, italialainen ravintola, syötiin, opettaja opetti.

Bussipysäkillä seisovan pojan oli hyvä olla.

Viikon aikana tyttö muuttui, heti maanantaista se alkoi... salkkua kantanut tyttö kuului yliolentoihin, nyt, kun tyttö eli, tyttö muuttui päivä päivältä kauniimmaksi. Se oli paha juttu, mutta poika selviäisi, kiitos kuuluisi opettajalle. Vain seitsemän tuntia aikaisemmin bussipysäkillä oli pohdittu ajatelmaa: "Kipinä, kivi, puu, liekki ja vesi. Mikä voittaisi? Tietenkin hetket".

Poika katsoo kelloaan: vielä kahdeksantoista pitkää minuuttia, siinä ajassa ehtii paljon, tekstinä tuhat sivua, sillä jokainen hetki kuljettaa seuraavaan tai palaa edeltävään...

Pienessä elokuvateatterissa Münchenin laitamilla Julesin ja Jimin tarina avautui pojalle täysin. Aikoinaan Helsingissä tilanne oli ollut päinvastainen, koska iso poika ei hallinnut oikeaa opetustekniikkaa. "Opettajan tuli nojata oppilaan olkapäähän, kuiskia korvaan eikä vittuilla…"

Elokuun toisena päivänä, junassa, matkalla Helsingistä Jyväskylään, Pekka kävisi lävitse Julesin ja Jimin tarinan, painottaisi isolle pojalle tämän tekemiä opetusteknisiä virheitä kuullakseen tutun, kannustavan sanan:

– Mäntti.

Juna jyskyttäisi, väiteltäisiin ehkä perhovavan asennosta, kun sitä kuvattiin sanalla "hallinnassa", tai ABU:n puntareiden tarkkuustoleransseista, vehnäpullan syönnistä, tuskin väiteltäisiin kipinästä ja liekistä, ehkä sittenkin, koska oli Jeanne Moreau, ehkä olisi myös inkarnaatio. Poika ajatteli hetken Oopperan työmaata, näki oikeustieteilijän työssään, oletti, että Ooppera valmistuisi etuajassa, Tintti-töyhtö oli kova duunaamaan.

5.1

Bussipysäkillä seisova poika mietti asuntolaa, "hoitolaitosta" ulkomaalaisille korkeakouluopiskelijoille. Karl-Heinz Ammer, yhtiön toimitusjohtaja, ajoi pojan ensimmäisen työpäivän jälkeen asuntolaan ja osallistui tieteelliseen tulohaastatteluun.

Poika odotti Obermeisterin ohjeiden mukaisesti tehtaan pihalla, toimistorakennuksen edessä, johtaja Ammeria... auto olisi tummanvihreä perusmersu, likainen, koska johtaja Ammer joutui ajamaan paljon.

Mersu pysähtyy pojan eteen, kookas, urheilijatyyppinen mies nousee autosta. Tervehdittiin, esittäydyttiin. Johtaja Ammer osasi puhuttaa. Poika tunsi itsensä tärkeäksi, valimo saisi ensimmäisen, suomalaisen työntekijän.

Ajettiin pienen kaupungin keskustaan, johtaja esitteli paikkoja. Edullinen gasthaus, maittavaa perusruokaa. Elokuvateatteri, yliopisto, vanha keskustori... Aikoinaan torilla hirtettiin sunnuntaisin, aamumessun jälkeen, huijarit ja valehtelijat, tapahtumasta kehittyi ajan myötä nykyinen kansanjuhla. Edelleen yhteisö etsii seuraavaa hirtettävää... Horst, Obermeister Köhler, kertoi puhelimessa, että palkkauduit valajaksi, väänsit vitsin vedosta, älä toista sitä Herr Remmersille. Soitin tiedemiehelle, sovin tapaamisen, kerroin, että asuntolaan muuttaa valaja.

– Meillä on ongelma. Sinä hoidat, minä tuen. Mieti yhdistelmää "Valaja ja tiede".

Mersu ylittää Reutlingenin kukkulaa matkallaan Markwasenin laaksoon. Kuski pohtii ääneen:

– Olemme lähellä taivasta, kohta ryhdymme laskeutumaan ja näet alhaalla laakson. Tyttäreni uskoo, että kun pala taivasta laskeutui maan päälle, niin syntyi Markwasenin laakso. Minä uskon tytärtäni, joten olemme menossa taivaaseen, minkä keskellä kohoaa valkoinen kartano, siellä Herr Remmers, pedantti tiedemies, odottaa meitä. Tunnen miehen jo alakoulusta, sitten korkeakoulusta, siis tuttu mies, silti minua jännittää, en ole tavannut tiedemiestä yli vuoteen, varaudu yllätykseen, Herr Remmers aloittaa keskustelun lempeästi, kerää tietoa, arvioi vastapuolta, iskee...

Tummanvihreä mersu kääntyy Markwasenin puistotieltä avoimesta, leveästä, takorautaisesta portista hiekkatielle, tien päässä näkyy laajan puiston ympäröimä, suuri, valkoinen kartanorakennus. Autossa istuvan pojan suu loksahtaa auki, poika oli saapunut taivaaseen. Pojan ennakko-odotukset pelottavasta Herr Remmersistä osoittautuvat vääriksi. Pitkänhuiskea, hymyilevä, hienostuneesti pukeutunut herrasmies seisoo kartanon pääoven kuistilla ja heilauttaa iloisesti kättään. Mies puhui huolitellusti, katsoi silmiin toivottaessaan pojan tervetulleeksi uuteen kotiin, seuraavaksi mies pyysi kohteliaasti pojalta lupaa saada puhutella ystäväänsä, toimitusjohtaja Karl-Heinz Ammeria tuttavallisesti "Kalleksi".
　Poika on ymmällään, annettu informaatio ei täsmää...

Istutaan Herr Remmersin askeettisessa toimistossa, missä jokainen yksityiskohta kertoo pakosta ehdottomaan tarkkuuteen, pöydälle järjestetyt paperit, kynät, kumit ja muut konttoritarvikkeet noudattivat sotilaallista kuria ja järjestystä. Tiedemies oli ohjannut vieraansa kohteliaasti paikoilleen, istuutunut vasta sen jälkeen itse omalle tuolilleen, vastapäätä vieraita.

– Tervetuloa vielä kerran. Kun Kalle soitti minulle noin puolisen tuntia sitten ja sanoi epäsivistyneesti: "Älä karkaa. Lähden tehtaalta tulemaan uuden asukkaasi kanssa. Poika ryhtyy valajaksi". Hmm... niin tietysti huolestuin. Asuntolan maine on minun vastuullani. Hmm... sanon suoraan, että inhoan likaisia töitä, etenkin sellaisia, mitkä eivät edistä tiedettä millään tavalla, valaja kuuluu alimpaan kastiin. Kallen takia teen poikkeuksen, koska Kalle merkitsee sinut tehtaan papereissa suunnitteluosastolle ja minä referoin annettua tietoa. Asuntolan maine saa tahran. Voimmeko sopia, että unohdamme tämän keskustelun, lukuun ottamatta ensimmäistä lausetta?

Vieraat nyökkäsivät.

– Kiitos. Olen odottanut Pekkaa. Erinomaiset todistukset, lähes samaa tasoa kuin omani Pekan ikäisenä. Teknillisen fysiikan, tieteen tärkeimmän peruskiven, edustaja puuttui asukkaiden joukosta. Hmm... olen itse valmistunut kyseiseltä opintosuunnalta Münchenin teknillisestä korkeakoulusta, hmm... korkeimmilla arvosanoilla. Olen ottanut Pekasta selvää kansainvälisten tiedekontaktieni kautta, tulen tekemään Pekalle tänään tärkeän kysymyksen, alustan tietenkin ensin. Ääni- ja valo-oppi kiinnostavat minua erityisesti, tutkimuksiani on julkaistu monissa, kansainvälisissä tiedelehdissä. Minua on kohdannut onnenpotku, koska professori Robert Gripenbergin työryhmä Otaniemessä tutkii yhteistyössä Harvardin yliopiston kanssa kosmista säröääntä ja yrittää koodata äänen. Pekan nimi mainitaan eräässä työryhmässä. Pekka, tunnetko professori Gripenbergin?

– Tunnen, vastasi poika.

– Hienoa. Tapaamisen lopuksi keskustelisin mielelläni Kallen kanssa Ammerin suvun suunnitelmista. Kaupungilla kiertää huhuja ja minä kuulun asiantuntijana kaupunginvaltuuston luottamuselimien toimikuntiin. Ensin kerron asuntolasta. Sopiiko työjärjestys kummallekin?

Vieraat nyökkäsivät. Poika oli syrjäsilmällä huomannut, kun vierustoveri asetti kämmenensä suunsa eteen, johtaja Ammer haukotteli salaa.

– Harrastat urheilua. Markwasen, laajoine retkeilymahdollisuuksineen ja urheilukeskuksineen, kattaa vaativimmankin harrastajan toiveet, puhutaan Saksan Helmestä. Asut kartanon toisessa kerroksessa, omassa huoneessa, kun katsot ikkunasta, huomaat, että kartanon takapuistosta johtaa kapea väylä ulkoilureiteille, näet risteyksen tienviittoineen: "Jalkapallo", "Uinti", "Tennis", valitset, jatkat matkaa...

Pojan käsi hakeutui suun eteen. Unitauti oli tarttunut. Poika yritti kuunnella, vierustoverin pää tipahteli muutaman kerran rinnalle...

– Ylöspito on ilmainen. Olen taistellut asukkaiden eduksi myös pesulapalvelun, jotta aikaa riittäisi tieteellisiin harrastuksiin...

Herr Remmers kuvaili paratiisia kuivalla, monotonisella äänellä, varoittamatta ääni voimistui, kohosi falsettiin. Poika säpsähti. Johtaja Ammer heräsi, vaikutti kiinnostuneelta.

– Minä olen lukenut professori Gripenbergin kirjoittaman tieteellisen artikkelin amerikkalaisesta tiedejulkaisusta, mitä aikaisemmin arvostin, en enää. "Kosmisen säröäänen koodaus." Villitystä. Todistamattomia väitteitä siitä, että jaksollisesti muuntuvalla säröäänellä olisi jokin tarkoitus, ettei ihan "SANOMA"! Roskaa! Roska ratkeaisi koodaamalla säröääni! Anteeksi, käteni hikoavat, poistun hetkeksi, käyn pesemässä käteni. Kun palaan, teen Pekalle tieteellisen kysymyksen, mihin Pekka tuskin osaa vastata, koska tiede palvelee käytäntöä.

Poika oli pelästynyt yllättävästä muutoksesta. Johtaja Ammer hymyili kuiskatessaan:

– Vaara ohi. Ei hätää. Fritz purkautui jo, kun palaa, niin ääni vaikuttaa hunajaiselta. Vastaa jotain monimutkaista. Fritz kaipaa virikkeitä. Kullakin tapansa.

Luennoitsija palasi, hymyili, sanoi hunajaisella äänellä:

– Pekka. Minä en syytä sinua, vaan professori Gripenbergiä. Olet harhaanjohdettu. Kerro minulle yksi käytännön sovellutusmahdollisuus, missä hyödynnettäisiin säröäänen koodausta. Jaksan odottaa vastausta. Mieti rauhassa.

Poika mietti, aivot raksuttivat. Pekka sai juonen päästä kiinni. Kokenut valehtelija rentoutui, kehittelisi juonta kertoessaan:

– Syy, miksi halusin valajaksi on tieteellinen. Obermeister Köhler ehkä arvasi syyn. Tarkoitukseni on tutkia valutapahtuman äänimaailmaa, äänitän ja koodaan optimivalun äänet, seuraavaksi ne säröäänet, mitkä syntyvät, kun kauhamies valaa liian hitaasti, silloinhan syntyy susikappale ja lisäksi ne äänet, mitkä syntyvät, kun kauhamies valaa liian nopeasti, silloinhan muotti poksahtaa ja sulaa metallia lorahtaa kauhamiehen saappaille...

Poika tunsi vierustoverinsa kannustavan kopautuksen kyljessään.

– Tarvitaan mankka, mikrosiru, ohjelmointilaite, äänianture ita, äänigeneraattori, korvanappi ja komponentteja, niitä saa kaupasta. Ohjelmoin siruun optimiäänimaailman ja siitä poikkeavat virheelliset säröäänimaailmat valutapahtumassa. Valajan apulaite toteutetaan rannekellon tapaisena rannekkeena, johon korvanappi yhdistyy langattomasti. Käytännön esimerkki, se pyydetty, koskee kokemattoman kauhamiehen toimintaa, siis, jos valaja hidastelee kaataessaan, niin laite karjuu ääninapin kautta valajan korvaan: "Herää poika, kallista kauhaa!", tai, jos valaja kaataa liian nopeasti, niin laite karjuu: "Hellitä poika, muuten varpaat lämpenee!" Siinä esimerkkini.

Herr Remmers sulatteli pitkään uutta sovellusta, sanoi:

– Kiitos. Kiitettävä suoritus. Mainitsen kohdallasi loppuraportissani erityisosaamisesta. Yksi seikka vaivaa minua, miksi laite karjuu?

– Valimossa kommunikoidaan karjumalla, laitteessa sovelletaan työntekijälle tuttua ja turvallista äänimaailmaa, kun isot tärypöydät käynnistetään, niin silloin metelistä johtuen sama sana pitää karjua kahdesti.

– Loistavaa Pekka! Valimoteollisuus on pelastettu! Häpeä Fritz. Poika uhmaa karjumista, likaa ja meteliä palvellakseen tiedettä.

Pöydällä oleva puhelin soi. Herr Remmers painoi puhelimen jalustassa olevaa nappia, pyysi anteeksi, kiiruhti viereiseen huoneeseen, veti perässään oven kiinni. Johtaja Ammer sanoi pojalle:

– Fritzillä oli jo lapsena samat maneerit, uuvutus ja

hyökkäys. Otit melkoisen riskin. Fritz on älykäs mies omalla sektorillaan, aivan oikeasti parhaat arvosanat, sai monta stipendiä. Eihän sellaista äänianturia ole olemassa, joka erottaisi valutapahtuman äänet taustametelistä.

– Ennakoin. Herr Remmers tuskin tietää ääniantureista kovinkaan paljoa.

Tiedemies palasi.

– Kiitän vielä Pekkaa. Perehdyn jatkossa artikkeleihin ääniantureista. Lopuksi keskustelen tovin Kallen kanssa Reutlingenin asioista.

Pekka katseli alaspäin kämmeniinsä. Kipu oli alkanut tehtaan pihalla, kun poika odotti johtaja Ammeria. Pojan silmät viestittivät ikävistä yllätyksistä kummassakin kämmenessä, vasemman käden nimettömän sormen ja pikkurillin alapuolella köllötti pitkä, komea vesirakko, oikeassa kämmenessä puolestaan etusormen ja keskisormen alla. Pekka tuumi, mitä iso poika sanoisi, jos näkisi kämmenet ja kauhamiehen duunissaan, luultavasti kiteyttäisi:

– Mäntti, väärä ote, vasen räpylä alemmaksi, älä purista oikealla kauhan vartta lyttyyn, relaa! Poika teki päätöksen:

– Joo, pitää rentouttaa. Huomenna ruokatunnilla apteekkiin, löytyyköhän laastaria edullisina perhepakkauksina? Pitää tsekata.

Kahden muun keskustelua poika oli kuunnellut puolella korvalla, yleensä Herr Remmers kyseli ja johtaja Ammer vastasi lyhyesti jotain.

Muutamia pojan muistiin tallentuneita keskustelun pätkiä:

...Ammerin saksalainen ja amerikkalainen sukuhaara yhdistävät voimansa, syntyy uusi, automatisoitu painevalutehdas, mikä rakennetaan äskettäin kaavoitetulle Reutlingenin teollisuusalueelle?

...juorua.

...nuorempi tyttäresi, Gisele, menee syyskuussa kihloihin erään Saksan rikkaimman pankkiirisuvun nuoren, lahjakkaan vesan kanssa, poika on parhaillaan New Yorkissa. Ammerin amerikkalainen sukuhaara on merkittävä osakas eräässä USA:n suurpankeista. Huhutaan pankkifuusiosta...

...juorua.

Nyt, kun poika oli selvittänyt kämmenistään johtuvat ongelmat, tehnyt tarvittavan päätöksen, niin poika ryhtyi seuraamaan kahden muun keskustelua, vilkaisi johtaja Ammeria, ihmetteli, sillä johtajan kasvot punoittivat. Herr Remmers kysyi:

– Miksi Gisele, Reutlingenin ylpeys, ylivoimainen juniorisarjoissa, moninkertainen Saksan mestari, lopetti tennisuransa viime lokakuussa? Kaupungilla huhutaan nilkkavammasta?

– Huhua. Gisele päätti lopettaa.

Poika sai juonesta kiinni, poikaa nauratti:

– Joku lellikakara. Ensin tehdään lujasti töitä, noustaan huipulle, harva nousee, lopetetaan, tosi lapsellista. Ollikin pelaa vasta ekassa divarissa, Ponnistuksessa, ja minä tokassa, Kiffenissä, eikä ikinä heitetä pyyhettä kehään.

Herr Remmers ei antanut periksi:

– Palaako Gisele tenniskentille?

– Ei. Päätös pitää. Gisele opiskelee Kauppakorkeakoulussa Münchenissä, pärjää hyvin ja mikä parasta, niin Gisse tulee auttamaan valimon konttoriin pariksi viikoksi. Gisse on itsenäistynyt, asuu yhtiön vierasasunnossa Reutlingenin keskustassa. Odotan hartaasti nuorinta lastani, tulemme käymään aamuisin yhdessä uimassa Freibadissa, päivät alkavat samalla tavalla kuin silloin, kun Gisse asui vielä kotona.

Pojan vieressä istuva mies katsoi jonnekin kauas, ilmeisesti haaveili... haaveilija näki jotain, ei pitänyt näkemästään, muuttui, kysyi:

– Mitä tarkoittaa alaikäinen? Kerro Fritz.

– Alle kahdeksantoista.

– Miksi Rudolf, alaikäinen, hyväksyttiin Vuoripelastusseuran jäseneksi?

– Eläin. Koiralle oli myönnetty hengenpelastusmitali.

– Kuulut Vuoripelastusseuran hallitukseen, lähes kaikkiin mahdollisiin hallituksiin, lypsät edut, et huomaa, että seura on eettinen yhdistys, seura rakentuu pyyteettömyydestä, rohkeudesta, luottamuksesta ja vilpittömästä ystävyydestä. Kaksi vuotta sitten äänestettiin Giselen jäsenhakemuksesta. Seuran hallituksessa on seitsemän jäsentä, pelattiin paras seitsemästä -ottelua, Giselen hakemus hävisi kolme–neljä, koska tyttö oli tyttö ja kaiken lisäksi alaikäinen. Se oli paha virhe, sillä Gisele ja Rudolf ovat pennuista asti kiivenneet vuorilla, eikä se ollut extreme-kiipeämistä, ei valloittamista, vaan tilanne, missä ystävät kohtaavat. Minä kannoin kauan sitten olkapäilläni pikkutyttöä...

Puhelin pirisi pöydällä. Herr Remmers poistui viereiseen huoneeseen. Johtaja Ammer sanoi pojalle kuuluvalla äänellä:

– Juorusetä, joka haluaa tietää kaiken. Minulla on kaunis, aikaansaapa vaimo, mutta kova puhumaan. Keskustelemme tänä iltana kotona valikoivasta vaikenemisesta. Pärjäätkö valajana?

– Pärjään.

– Näytä kämmenet.

– Komeat vesirakot, melkein yhtä isot kuin minulla aikoinaan ensimmäisen työpäivän jälkeen. Isäni päätti puolestani, juoksin linjalla Yksi, opin paljon, en olisi etukäteen uskonut. Isäni painotti kolmea asiaa: "Reipasta liikuntaa, käden taitoja ja ymmärryksen kasvua. Kahdessa kuukaudessa tapahtuisi ihme, tärkeä perustotuus valkenisi juoksijalle, juoksija ymmärtäisi syyn, miksi pankkiirit ja etujärjestöbulvaanit rakentavat leirinsä lihapatojen äärelle. Valaja täyttää padat, siksi valaja juoksee."

5.2

Sataa tihutti. Bussipysäkin katoksen alla seisovalla pojalla oli pettämätön näkömuisti. Poika saattoi minuutissa käydä lävitse pitkiä videoklippejä valitsemiltaan muistin hyllyiltä.

Kallion boxissa pojan vaatekaapin hyllyt olivat huomattavasti huonommassa järjestyksessä, parittomalle sukalle ei löytynyt kaveria pitkälläkään penkomisella.

Poika etsi videoklippejä opettajaa sivuavilta muistin hyllyiltä siltä ajanjaksolta, kun poika ei vielä tiennyt, että salkkua kantanut tyttö oli myös opettaja. Poika etsi sukkaa, aivan pienikin sukka kelpaisi.

Torkkelinkujalla sijaitsevan boxin poika oli vuokrannut kahdeksi kuukaudeksi tuhdille tammisaarelaistytölle, joka kävi ensin katsomassa yksiötä, huonetta ja keittokomeroa. Poika oli siivonnut edellisenä päivänä. Paksu tyttö kysyi:

– Onko täällä aina tämän näköistä?

– Ei. Siivosin eilen.

– Älä narraa...

Se seikka, että poika kohtasi opettajan, johtui pitkälti huippuopiskelijoiden "Hoitokodissa" asuvasta sosiologian opiskelijasta, Paolo Sianosta, italialainen sosiologi liikkui öisin ja toimitti asuntolaan tärkeän tiedon: "Kaikki Etelä-Saksan seksikkäimmät böönat kokoontuivat lauantaisin Münchenissä Blow-Up-discoon".

Pysäkillä opettajaa odottava poika ryhtyi penkomaan

79

niitä muistin hyllyjä, mitkä koskivat asuntolaa. Samalla poika tuijotti herkeämättä Reutlingenin kukkulalta alas Markwasenin laaksoon laskeutuvaa, kiemurtelevaa tietä.

Herr Remmers piti asuntolassa kovaa, näennäistä kuria. Asuntolan johtajalla oli oikeus erottaa asukas, joka ei noudattanut sääntöjä.

Saksan valtio kustansi lystin, asunnon, eväät, ateriat ja pesulapalvelun. Saksa teki peeärrää, jonain päivänä maa saattaisi tarvita huippuosaajia. Talo, suuri kartanorakennus puiston keskellä, tuntui asukkaista viiden tähden hotellilta. Hotellissa asui vain poikia. Herr Remmers oli välttänyt sievien, naispuolisten työntekijöiden palkkaamista asuntolaan. Pekan mielestä se oli virhe, koska juuri siksi opiskelijoiden mielenkiinto kohdistui kartanon ulkopuoliseen maailmaan.

Johtajan toimiston oven vieressä oli postilaatikko: "Berichte und Studien". Asukkaiden piti tehdä selvitys poikkeavista lähtö- tai tuloajoista, syyt tieteellisesti eriteltyinä. Laatikko täyttyi nopeasti. Mikäli selvityksen taso ei tyydyttänyt johtajan vaativaa makua, niin Herr Remmers tuli narisemaan, siksi talon taitavimmat valehtelijat jeesasivat kavereitaan, koska todellinen syy poissaoloon johtui lähes poikkeuksetta naisista.

Paolon, sosiologian opiskelijan, selvityksessä oli lukenut: "Tutustumista Münchenin yöelämään. Palaan joskus aamupäivällä". Seuraavana päivänä johtaja kävi Paolon kimppuun:

– Tutustuminen ei riitä syyksi, pitää selvittää syy tutustumishaluun. Paluuaika määritellään aikatoleranssin viimeisen vaihtoehdon mukaisesti, siis, "palaan viimeistään". Syy sinun tapauksessasi voisi olla vaikka vertaileva, esimerkiksi: "Vertaileva tutkimus Münchenin ja kotikaupunkisi, Palermon, yöelämästä". Tulosten erittelystä pitäisi tehdä vähintään tilastomatemaattinen suunnitelma.

Pekka oli jeesannut Paoloa uuden selvityksen laadinnassa ja sosiologi kiitti:

– Sä oot tosi taitava. Mun paras kaveri. Mä järkkään sulle persettä. Mitä laitetaan? Isoilla vai vielä isommilla daisareilla? Blondia vai tummaa?

Syy postilaatikon olemassaoloon johtui siitä, että jonkun "Lankkipojan" äiti saattoi soittaa johtajalle ja kysyä:

– Miten se meidän Lennart pärjää? Mitä Lennart harrastaa?

Herr Remmersin piti osata vastata, siksi oli laatikko.

Suuressa joukossa syntyy aina pienempiä ryhmiä, samanhenkisiä yksilöitä vetää puoleensa jokin salaperäinen voima, niin tapahtui asuntolassakin, Pekka, Paolo, Vernon ja Timothy huomasivat toisissaan yhdistäviä piirteitä, muodostui neljän pojan kööri. Pekka tunsi palanneensa lapsuuden Sörkkään, tärkeät asiat hoidettiin, muita asioita ei juurikaan noteerattu.

Timothy O'Sullivan, lempinimeltään "Dick", kysyi esiteltyään itsensä:

– Kai sä tiedät, mitä "Dick" merkitsee?

– Joo, arvonimi, melkein aatelisarvo.

Vähäpätöisestä keskustelusta alkoi syvä ystävyys. Dick oli kotoisin Bostonista, opiskeli kauppatieteitä. Tukeva, hyväntuulinen jässikkä, jolla oli käytössään Stuttgartin lentoasemalta vuokrattu Opel, siinä autossa kööri siirtyi

Reutlingenista Müncheniin eräänä, ikimuistoisena lauantai-iltana.

Vernon Todd esiintyi filosofina. Taitava väärentäjä, joka teetätti Paololla kaikki duunit, olihan Vernon väärentänyt kummankin paperit ja Paololle lääkärintodistuksen, jossa Paoloa kiellettiin puhumasta sinä päivänä, kun Herr Remmers piti parivaljakolle tulohaastattelun, joten filosofi vastasi myös sosiologille esitettyihin kysymyksiin. Paolo ainoastaan nyökkäili ohjatusti, Vernonin jalka antoi merkin.

Vernon Todd oli kotoisin Detroitista.

– Valkoisen roskaväen maailmankeskus, kukaan ei osaa lukea, koulut ovat tyhjillään, niin Dick kuvaili filosofin kotikaupunkia. Vernon puolestaan Bostonia:

– Degeneroitujen dementikkojen käpykylä, kukaan ei muista mitään. Kaikki nai ketä sattuu, paitsi jos oma muija osuu vahingossa kohdalle. Kukaan ei muista, kuka on kenenkin lapsi. Dick luulee olevansa joku kuuluisa O'Sullivan. Voi vittu.

Dick kuittasi:

– Kundit, tsiikatkaa sitä. Viimeinen partahippi. Stara ei osaa lukea, stara ei tiedä, että viimeinen hippijuna meni jo...

Eräänä iltana kolmannen viikon alkupuolella, joku oli koputtanut Pekan huoneen oveen. Paolo seisoi käytävällä.

– Pekka, sä oot mun paras kaveri ja sulla leikkaa. Voisit sä jeesaa mua? Filosofi vain makaa ja haisee, syljeskelee kattoon. Se valehtelee aina. Johtuukohan valehtelu geenivirheestä, sä tiedät, sellainen suodatin, mikä estää totuuden kulkeutumisen äänielimiin.

Istuttiin Pekan huoneessa sängyn laidalla.

– Kerroin kollegalle Palermon nuorisovankilasta rehellisesti. Sunnuntaisin hartaushetken jälkeen vietettiin kahvikuppihetki. Pääpamppu, läski sadisti, käski meidät pihalle ja pikkupamput pamputti rivin ojennukseen. Pääpampulle tuotiin höyryävä kahvikuppi, läski piti aina saman puheen:

– Pikkurosvot. Uusi vankeinhoitoasetus painottaa yhteisöllisyyden ja osallistumisen tunteen merkitystä. Palermon nuorisovankila kuuluu edelläkävijöihin. Raportoin huomenna onnistuneesta yhteisestä kahvikuppihetkestä. Mars selleihin!

Filosofi väänsi puolen tunnin luennon Detroitin korkeakoulusta. Ainutkaan juttu ei täsmännyt, otetaan esimerkiksi seitsemän neitsyttä, jotka tyrkyttää, ensin piti vain vaihtaa uskontoa. Mä en kestä kroonista valehtelua. Mä sanoin, että mä lähden Palermoon. Se väitti, etten mä voi, koska Italian rajalla otetaan sormenjäljet, mun paperit on kunnossa, mutta sormenpäät ei klaaraa...

– Ei oteta. Vernon kusettaa. Se ei tuu toimeen ilman sua.

– Arvasin. Jos kyse ei ole geenivirheestä, vaan vittuilusta, niin kutittelen filosofia veitsellä. Mä oon harras katolinen, eikä kirkon opin mukaan geenivirhe ole synti, mutta vittuilu on. Mä tein sokkotestin, sanoin, että mä lähdenkin Suomeen, siellä asuu Pekkoja. Voi vittu, että Vernon pelästyi, haluutko kuulla kommentit?

– Joo.

– Sivistyneenä ja oppineena miehenä kysyn sinulta Paolo Siano, haluatko nyysiä kuopan ja pitää siitä huolta lopun elämääsi?

– En, mä vastasin ja patologinen valehtelija jatkoi:

– Erinomainen päätös. Paolo, sinunkin pitäisi sivistää itseäsi, perehtyä eri maiden kansantalouksiin. Ei hätää, minä jeesaan, tiedän lähes kaiken Suomesta. Maa on maailman köyhin, jokainen kansalainen omistaa yhden kuopan, ei mitään muuta. Pekka on ainoa poikkeus, jokainen sääntö tarvitsee yhden poikkeuksen, ollakseen sääntö. Suomen arktinen talvi kestää yli puoli vuotta, pakkasta lienee puolisensataa astetta. Talvet jengi kyyhöttää kuopissaan ja horrostaa, kesät jengi istuu puiden oksilla ja vahtii omaa kuoppaansa. Suomessa on paljon metsiä, sinäkin mahtuisit oksalle istumaan, mutta kun sulla ei oo kuoppaa, mitä vahtia. Paolo, ystäväni, kerro minulle, miten nyysit kuopan, mikä on kesällä vartioitu ja talvella varattu?

Pekan vieressä, sängynlaidalla istuva Paolo mietti, sanoi:

– Ei filosofilla ole geenivirhettä. Täytyy kaivaa veitsi laukusta.

5.3

Bussipysäkillä seisova poika tuijotti kukkulalta alas laaksoon laskeutuvaa, kiemurtelevaa pätkää tiestä. Tuttu auto, pieni, valkoinen kuplavolkkari, ilmestyi kaukana metsän katveesta näkyviin hävitäkseen taas kohta metsän peittoon, ensimmäistä kertaa kuplan musta pressukatto oli nostettu ylös. Pojan muisti tyhjeni, jäi vain yksi hylly, sen täytti kuva tytöstä seitsemän tuntia aikaisemmin.

Volkkari oli laskeutunut nopeasti, nopeammin kuin edellisillä kerroilla. Opettaja kaahasi, muutokset alkaisivat. Enää viitisen minuuttia ja auto ilmestyisi bussipysäkille johtavan suoran päähän.

Maanantaiyönä oli maattu vierekkäin sängyssä tytön Reutlingenin asunnossa. Tunnin verran tyttö kertoi rauhallisella, unelmoivalla äänellä vuoresta. Poika keskittyi unelmoijan kasvojen liikkeiden seuraamiseen, suurin osa sanoista vilahti ohi, jotain poika sentään muisti, pienuus... ystävyys... tasapaino... sisäinen rauha. Poika piti tyttöä koko ajan kädestä kiinni, siihen löytyi pätevä syy, poika muisti joitakin tunteja aikaisemmin tennishallissa koetun "väärinkäsityksen", tyttö oli osoittautunut arvaamattomaksi, tyttö saattaisi vaikka karata...

Tytön yksinpuhelun jälkeen oli päätetty, että tulevana lauantaina kiivettäisiin vuorelle. Tyttö tenttasi ensin poikaa:

– Huimaako sua korkeilla paikoilla?

– Ei.

– Jaksatko kiivetä tuntikaupalla raskas reppu selässä jyrkkää rinnettä? Voidaan pitää tunnin välein kahdeksan minuutin tauko, reput pois selästä, maataan puolipystyssä asennossa rinteessä selällään, puuskutetaan, palautellaan, tankataan hitaasti nestettä. Jaksatko?

– Tietenkin.

Pojan silmissä vilahti kuluneet seitsemän päivää, eletyn elämän kaunein jakso, mikä huipentuisi suureen seikkailuun...

Edellisenä lauantaina kohdattiin Münchenissä, Blow-Up-discossa. Yllättäen pojan eteen ilmestyi taivaasta tippunut Liz Taylorin inkarnaatio, se salkkua kantanut tyttö, mielettömän kaunis, nuori nainen, joka sanoi:

– Kuuluisa turkkilainen valaja. Linjalta Yksi. Oletan.

Poika koki elämänsä ensimmäisen kipsin.

Siitä se alkoi, uni muuttui todeksi.

Tanssittiin hitaiden biisien salissa, oikeastaan nojattiin. Tyttö kuiskasi pojan korvaan:

– Minä tunnen Münchenin. Kaupungin paras pizzeria sijaitsee vain parin kilometrin päässä. Mulla on nälkä, onko sulla?

Pojalla oli nälkä.

Käveltiin käsi kädessä kaupungin öisiä katuja, tyttö puhui, poika kuunteli...

Yli kaksi tuntia syötiin puolitettua pizzaa ja oliivisalaattia pienistä kupeista, juotiin lasit punaviiniä ja paljon sitruunavettä, lopuksi tilattiin espressot. Tyttö puhui elävästi. Poika uskoi kaikki tytön tarinat, niitä tehostettiin laajoilla, siroilla käsien liikkeillä ja ilmeillä, mitkä selittivät yksityiskohdat.

Tyttö oli Liz Taylor.

Seuraavan päivän, sunnuntain, tyttö viettäisi lastenvahtina Stuttgartissa isosiskonsa, Monican, ja Nicolasin talossa, Nicolas oli töissä mersun tehtailla pikkupomona. Pari joutui edustamaan. Siitä Monica ei oikein pitänyt, mutta rakasti Nicolasia, antoi pahalle pikkusormen. Siskosten äiti, satujen Paha Äitipuoli, oli edustusrouva.

Tyttö asuisi vielä puolitoista viikkoa Reutlingenissä.

Paluumatkalla discoon sovittiin, että tavattaisiin maanantaina Freibadissa kolmen metrin ponnahduslautatelineen luona. Sitä ennen tyttö oli kertonut menevänsä syyskuussa kihloihin poikaystävänsä kanssa New Yorkissa. Se oli ollut paha isku pojalle, ei kuitenkaan hirvittävän paha, koska tyttö oli lisännyt:

– Tutut silmät. Ollaan ystäviä puolitoista viikkoa, sitten erotaan lopullisesti. Ei rakastuta, järkeillään, minä opetan. Edessäni on viimeinen viikko, kun olen henkisesti vapaa tulevaisuudesta, niin päätin, siksi lähdin tutussa tyttöporukassa bailaamaan.

5.4

München. Altstadt. Ristorante Perazzo. Lauantai, noin kello kaksikymmentäkolme.

Marcello oli aina töissä. Sinäkin myöhäisiltana ylpeä napolilainen istui ravintolan tiskin takana tukevalla jakkarallaan, haukotteli ja krapsutti etusormensa kynnellä verkkaisesti esiliinan helmaan ilmestynyttä tahraa. Marcello osasi kaiken. Hetkessä siivooja muuttui huippukokiksi, tai toimistotyöntekijä pizzapojaksi. Monialaosaaja, joka asui ristoranten takahuoneessa, katseli ikävystyneenä neljää asiakastaan, kaikki miehiä, kukin ruokaili eri pöydässä, saksalaiseen tapaan mahdollisimman kaukana muista, eikä kukaan tilaisi enää saksalaiseen tapaan mitään.

Marcello toivoi uusia asiakkaita, mieluiten kauniita naisia. Napolilainen vilkaisi ulko-ovelle ja Pyhä Äiti toteutti toiveen. Marcellon suosikkiasiakas, tyttö, astui sisään ovesta. Ensimmäistä kertaa tyttö tuli niin myöhään, yleensä tyttö tuli lounasaikaan ja toi tullessaan ison opiskelijaporukan. Napolilaisen pomo kutsui tyttöä ”sisäänheittoasiakkaaksi”, sen näki tytön silmistä, tyttö ohjasi laumaa. Tärkeille asiakkaille laitettiin aina ekstraa, kalleinta pastaa tai lisätäytettä.

Nyt tytön mukana tuli vain yksi poika, jolla oli erikoinen, lyhyeksi leikattu musta, kihartuva parta. Komea poika, selvästi napolilainen. Tyttö ja poika istuutuivat ikkunapöytään, pöydän vastakkaisille puolille, tyttö puhui, poika kuunteli, kumpikin kävi lävitse ruokalistaa, ei sittenkään, poika vain tuijotti tyttöä, oli lukevinaan.

Marcellokin tuijotti tyttöä. Aitona italialaisena napolilainen rakasti kauneutta. Arkisin tytön poninhäntä oli sidottu kuminauhalla, farkut ja T-paita, nyt kaikki oli toisin, vartalonmyötäinen, kanariankeltainen, lyhyt, hihaton mekko, kultainen vyö, kastanjanruskea, kiiltävä poninhäntä oli sidottu kultaisella pidikkeellä.

Poika näytti leveine hartioineen nykypäivän mafiosolta, kiiltokuvapoika, joka näytteli miellyttävää, kunnes Napolin kujilla riisuttaisiin naamiot. Veitset ilmestyisivät käsiin. Mafiosolla oli päällään hieno, ohut, vaalea, mokkanahkainen pusero, sen alla tavallinen, musta T-paita, mikä korosti kallista puseroa. Kovakuntoiselta vaikuttavalla mafiosolla oli ehkä muuhun vartaloon nähden hivenen lyhyehköt jalat, sellainen veitsimies ei horjahtaisi. Veitsihipassa tasapaino oli tärkeintä, se, kumpi horjahtaisi, se kuolisi.

Marcello kuului ihmisasiantuntijoihin, yhdellä vilkaisulla napolilainen pystyi päättelemään yksilön menneisyyden ja tulevaisuuden yksilön habituksen perusteella. Monialaosaaja oli tietysti myös pizzataiteilija, luova ihminen, ja koska muusa oli kaunis, niin napolilainen sivuutti ennakkoluulot sommitellessaan tilattua sardiinipizzaa, paistoi sen kiviuunissa, leikkasi puoliksi ja tarjoili pöytään tilauksen.

– Kiitos, Marcello! Taideteos! Kiitos, sanoi tyttö.

Napolilainen piti tytöstä monesta syystä. Kaunis tyttö oli vaatimaton ja kohtelias, katsoi silmiin, kävi ainoana seurueestaan kiittämässä ruokailun jälkeen. Siinä oli jotain kummallista, koska napolilainen oli huomannut tytön lompakossa luottokortit: Mastercard, American Express...

Tarjoilun jälkeen Marcello jäi pyyhkimään viereisestä pöydästä olemattomia pölyjä kuullakseen, mitä mafioso sanoisi. Mafioso näytti hämmästyneeltä:

– Saako Saksassa näin paljon täytettä? En ole koskaan nähnyt herkullisempaa pizzaa. Pitää tuoda iso poika tänne.

Marcello istahti tiskin taakse jakkaralleen, vihelteli. Poika toisi uuden asiakkaan, ison pojan, sellaisella mafiosolla olisi iso nälkä ja iso veitsi.

Napolilainen katseli nuoria. Tyttö nauroi usein pojalle. Marcellon ensiarviointi pojasta oli pettänyt, ei poika ollut mafioso, oikean mafioson nainen piti turpansa kiinni.

Napolilainen seurasi näytelmää. Tyttö puhui paljon, tytön kädet tekivät välillä laajoja, sulavia kaaria. Poika nyökkäili, sanoi vain harvoin jotain. Parin päät lähenivät hitaasti toisiaan, erkanivat, ja sama uudestaan... Tyttö haarukoi leikkaamansa pizzapalan suuhunsa, samanaikaisesti poika piirsi etusormellaan laajaa kehää pöydän pintaan, tyttö seurasi silmillään pojan sormea, sai tukehtumiskohtauksen.

Poika ja Marcello pomppasivat ylös tuoleiltaan. Poika takoi kämmenellään tyttöä selkään, karjui:

– Niele, niele, voi Hyvä Jumala, niele...

Tyttö kakoi, ähkyi naama punaisena, lopulta huusi:

– Ei enää sanaakaan isosta pojasta! Ei niin isoja lautasia ole olemassa! Kiitos Pyhä Maria, selvisin hengissä.

Marcello istuutui jakkaralleen, huokaisi helpotuksesta. "Isoja lautasia", tuumi monialaosaaja, ei keksinyt selitystä, koska ei ollut kuullut keskustelua, joka koski suomalaista pizzakulttuuria.

–Aina vaan, sinä ja iso poika. Eikö teillä ole koskaan tyttöjä mukana?

– Ei.

– Sinä tilaat normaalikokoisen sardiinipizzan ja iso poika kinkku-salami-jauhelihaperhepizzan. Iso poika huutaa aina kyypparille: "Heitä lisää juustoa!". Ettekö te koskaan kokeile muita vaihtoehtoja?

– Erittäin harvoin.

– Voi Pyhä Maria. Kuinka iso se perhepizza on?

Poika oli näyttänyt, piirtänyt etusormellaan kehän.

Jakkarallaan istuva Marcello vihasi Benito Mussolinia, diktaattoria, joka aikoinaan mustapaitoineen halusi hävittää Napolin slummit, luovuuden kehdon. Jos Marcello olisi syntynyt vaikkapa Torinossa, Pohjois-Italiassa, Angleottien valtakunnassa, niin Marcello olisi joutunut tehtaaseen töihin. Napolilainen pyyhki hikeä otsaltaan, painajainen iski joka kerta varoittamatta.

Napoli, iso perhe, huone ja keittiö, huoneesta osa oli erotettu verholla. Isoveli, Luigi, kutsui verholla eristettyä tilaa "tehtaaksi", siellä tuotettiin lisää Marcelloja ja Julioita.

Nyt, kun Marcello oli keski-iän ylittänyt monialaosaaja, niin onnelliset lapsuusmuistot palasivat mieleen, koskaan ei ollut liiran liiraa, piti keksiä halpoja hupeja. Pikkusiskon, Julian, kanssa leikittiin usein "Arvaa-mitä-mä-esitän-leikkiä". Julia oli taitava, kerran sisko oli esittänyt vuorta, hypännyt lopuksi, eikä Marcello arvannut, se harmitti edelleen ylpeää napolilaista.

Koko ajan Marcello seurasi nuoria, piti kummastakin. Tytössä ja pojassa oli jotain tuttua, napolilaista. Pari oli keksinyt "Pää-lähestyy-hitaasti-päätä-leikin", ehkä tunnin kuluttua otsat kolahtaisivat vastakkain...

Marcello valpastui, muiden asiakkaiden aterimet kilahtivat lautasille. Mustapartainen poika oli noussut seisomaan.

Marcello ei pitänyt saksalaisista miehistä. Natsit olivat hyväksikäyttäneet tyhmää Benitoa, rotuopin apukoululaista, aikaisemminkin muut asiakkaat seurasivat kylmän viileästi, tukehtuisiko tyttö vai ei.

Poika asetti kämmenensä päänsä sivuille, nosti niitä hitaasti ylöspäin säilyttäen kämmenien etäisyyden. Marcello arvasi heti, sanoi ääneen "Vuori", kohta poika kaventaisi kämmenien etäisyyttä ja hyppäisi...

Muutamaa hetkeä aikaisemmin tyttö oli kuiskannut pojalle, juuri silloin, kun päät olivat lähinnä toisiaan:

– Minua askarruttaa yksi asia. Sinä olet keskivertoa isompi nuorukainen, niin kuinka iso on "Iso Poika"? Näytä, nouse ylös, vertaa itseesi. En laita palaakaan pizzaa suuhuni.

– En mä kehtaa. Usko mua, vielä seitsemänvuotiaana Olli oli tavallisen kokoinen pikkupoika, ehkä hieman ikäistään isompi, sitten Olli rupesi kasvamaan normaalia kasvukäyrää nopeammin, etenkin ylävartalo, kaikki ison pojan lihakset muotoutuivat teräksestä, me urheiltiin. Olikohan Olli silloin seitsemäntoista ja minä kuusitoista, kun juostiin joululomalla Helsingin Jätkäsaareen ahtaajien orjatorille, juostiin lujaa, Olli edellä, minä peesasin, tarvittiin rahaa Dylanin ja Rollareiden levyihin. Olli hyväksyttiin heti orjaksi. Olli oli jo siihen aikaan lukenut lakikirjoja, laati työehtosopimuksen: "Pekka, luottamusmies, mukaan." Minäkin pääsin orjaksi. Kukaan ei usko, ettei Olli ole bodari. Isolla pojalla on pitkäkestoista voimaa. Näytän vain koon, voimaa en voi näyttää.

Poika nousi seisomaan, kohotti kätensä päänsä sivuille. Gisele Ammer nousi tuoliltaan, käveli pojan taakse, painoi hellästi hartioista pojan takaisin istumaan, sanoi:

– Anteeksi. Ymmärsin. Pieni kivi haluaa vuoreksi, vuori haluaa pieneksi kiveksi.

Tyttö kumartui, suuteli poikaa.

5.5

Seuraava päivä, sunnuntai.

Poika odotti maanantaita, tapaamista Freibadissa, edes jalkapallo ei sytyttänyt, vaikka edellisinä viikonloppuina matsit olivat merkinneet viikon kohokohtaa.

Filosofi järjesti ottelut ja vedonlyönnin, päätti kertoimista. Matsit kuuluivat asuntolan hailaitteihin, uhkapeli toimi kiihokkeena. Pelattiin nelimiehisin joukkuein neljänneskentällä käsipallomaaleihin, taklattiin amerikkalaisen jalkapallon säännöillä.

Kööri saisi vastustajakseen neljä korealaista IT-osaajaa. Etelä-Korea eli jalkapallohuumaa tulevana MM-isäntämaana, korealaispojat harjoittelivat päivittäin. Filosofilla oli ollut koko alkuviikon ongelmia kertoimien määrittelyssä. Kaikki asukkaat tulisivat paikalle, Markwasenin laakso kaikuisi vihellyksistä ja kannustushuudoista.

Vernon, pelaaja-valmentaja, psyykkasi joukkuettaan ennen ottelua, aluksi piti kuunnella pakollisia, filosofisia viisauksia:

– Pojat. Jokaisella terveellä ja elinvoimaisella kansakunnalla on kulmakivi, laiton vedonlyönti. Se pistää nuorison urheilemaan. Raha toimii aktivoivana kannustimena, etenkin sellainen fyffe, millä on ostovoimaa. Amerikkalais-italialais-suomalainen Dream Team ei koskaan anna periksi, jos voitto on hinnoiteltu oikein. Joskus tasapelillä tai tappiolla tienaa paremmin. Ei tänään! Menikö perille? Pakkovoitto vaatii henkisiä voimavaroja, me hallitsemme voittamisen NHL-psykologian, osaamme vihata häviötä. Ohjeet:

– Dick, läski, menee maaliin, muista heiluttaa käsiä.
– Paolo. Tänään pelataan Fair Play. Et pujahda nyysimään.
– Voi vitun Pekka. Lopeta huokailu. Jää muuten rahat keräämättä.
– Se argentiinalainen, uusi jäbä, Claudio, se ei ymmärtänyt mitään kertoimista. Se on rahamiehiä, mä jeesasin.

Maanantai. Freibad.
Poika seisoi kolmen metrin hyppytelineen ponnahduslaudalla pukeutuneena mustiin uimahousuihin. Ponnahduslaudalta poika näki kaksi tärkeää kohdetta, suuren seinäkellon ja sisääntuloportin. Kello läheni kahdeksaatoista, eikä tyttöä näkynyt. Ponnahduslaudalla yhä
hermostuneemmaksi muuttunut, edestakaisin kävelevä
poika kirosi:
– Perkele. Ohari. Voi vittu, että mä oon tyhmä...
Alhaalta, altaan reunalta, kuului tuttu, kirkas, hämmästynyt ääni. Poika näki tytön ja kellon, mikä näytti
neljää minuuttia vaille kuusi.
– Varovasti! Sä tiput kohta! Lupasit lauantaina näyttää perushypyn: ponnistus korkeuksiin kädet levitettyinä, taitto,
kädet eteen, veteen ja ”lukko”, niin ei synny pärskeitä...
Tyttö, uskomattoman kaunis, nuori nainen keltaisissa
bikineissä. Tytöllä oli kestävyysurheilijan vatsalihakset
ja tietysti pojan viisari värähti, sekin vielä...

Bussipysäkillä hymyilevä poika kelasi maanantaita, eletyn elämänsä kauneinta ja merkillisintä päivää, eteenpäin. Sitä, mitä alkanut lauantai toisi tullessaan, sitä
poika ei vielä tiennyt, odotti ensimmäistä, kokonaista

päivää tytön kanssa kasvavalla jännityksellä, oli varma siitä, että tulisi kokemaan jotain ihmeellistä. Samalla poika vahti koko ajan bussipysäkille johtavan, pitkän, suoran tieosuuden alkua, avasi muistiaan maanantain osalta hakusanoilla "tietysti", "tietenkin" ja "tietenkään".

Tietysti tyttö kiipesi Freibadin korkean teräsverkkoaidan yli. Reutlingenilaisena tyttö oli tehnyt niin lapsesta asti, koska matka pukeutumistiloihin lyheni.

Tietenkään tyttö ei tullut pummilla. Jokaisella Ammerilla oli kausikortti, oli aina ollut. Isä osti kortit edelleenkin kannatusmielessä jokaiselle perheenjäsenelle, vaikka nykyisin vain isä ja tyttö kävivät uimassa, tapasivat arkiaamuisin kello seitsemältä pääaltaalla.

Tietenkin tennishallissa koettu syvä vihan tunne johtui kipinästä ja liekistä.

Tietenkin tyttö oli kiivennyt myöhemmin maanantaiyönä myös enonsa tontin jykevän aidan yli Reutlingenin kukkulalla, matkalla Markwaseniin, jotta poika saisi maistaa maukkaita kirsikoita. Tyttö ja eno luottivat toisiinsa täydellisesti, olivat aina luottaneet. Professori tiesi, miten makeimmat kirsikat kasvatetaan, osasi valmistaa kaupungin parasta Kirschwhiskyä, maku vei mennessään kielen ja teho tajun, niin tytön isä väitti.

Tietysti tyttö kertoisi enolleen seuraavana päivänä "turkkilaisesta valajasta".

Tietenkään eno ei kertoisi valajasta isosiskolleen, tytön äidille, joka hirttäisi tyttärensä julkisesti kaupungin torilla, jos tietäisi.

Tietenkin tyttö oli pussannut enon kirsikkatarhassa nenänpäähän luokseen ilmestynyttä Rudolfia, isoa, mustaa dobermannia, koska Rudolf oli kasvattanut tytön.

6.

Tuttu auto lähestyi nopeasti, oli jo suoran puolivälissä. Bussipysäkillä odottava poika arvuutteli itseään: Keltaista vai valkoista?

Edellisinä päivinä tytöllä oli ollut päällään sirot, mustat kangasavokkaat, tummansiniset pillifarkut ja hihaton T-paita, joko keltainen tai valkoinen. Sataa tihutti. Auton tuulilasin pyyhkimien liike vaikeutti ajajan näkemistä. Ei ollut valkoista, ei keltaista, vaan jotain suurta tummaa. Vieras henkilö ajoi autoa, mikä kaahaisi pysäkin ohi... Viime hetkellä kuski löi liinat kiinni. Auto liukui, pysähtyi hallitusti pysäkille.

Volkkarista hyökkäsi ulos leveähkö, lyhyehkö, hemmetin pienipäinen sotilas, jonka musta pipo oli vedetty syvälle päähän, ei näkynyt kulmakarvoja, vain suuret silmät, ne paloivat. Sotilas huusi:

– Kiire! Aikaa ei riitä pussailuun! Sinä ajat, minä neuvon! Vuori odottaa meitä! Meidän päivä, kokonainen päivä!

Poika tunsi itsensä alokkaaksi. Yön aikana Gisele Ammer oli liittynyt kommandojoukkoihin, ylennyt joukkueenjohtajaksi. Oli parasta totella, johtajan silmät hehkuivat...

Ensimmäisestä risteyksestä poika kääntyi tytön ohjeiden mukaisesti länteen vievälle perustielle. Sotilas oli riisunut piponsa, poika vilkaisi vähän väliä tyttöä, kumpikin nauroi, suuri seikkailu oli vihdoinkin alkanut.

Tyttö puhkui intoa:

– Isä ja eno kuuluvat Vuoripelastusseuran erikoisyksik-köön. Rohkeat kutsutaan hätiin, kun helikopterit eivät us-kalla nousta ilmaan. Tunnetko tehtaalta Horst Köhlerin?

– Tunnen. Ihailen rentoutta, millä Obermeister johtaa.

– Et syyttä. Hengenpelastusmitaleja. Sankari kaikissa Alppimaissa. Horst sanoi viime viikolla minulle: "Suu-rin sankari tulee aina olemaan Rudolf, ilman älypäätä olisin monta kertaa valinnut väärän reitin..." Anteeksi, paruttaa...

Tyttö otti hansikaslokerosta paperinenäliinoja, käänsi päänsä poispäin ja itki. Muutaman minuutin kuluttua tyttö laittoi rypistyneet nenäliinat auton roskikseen, muovipussiin, sanoi:

– Anteeksi, Rudolf, kasvattajani, on vakavasti sairas, syöpä. Teen surutyötä, se pitää tehdä, sitä ei pääse kar-kuun... Sinun kamasi löytyvät takapenkiltä, kahdesta urheilukassista. Isobroidi lahjoitti ne minulle: "Gisse, sä osaat trokata. Viette Rudolfin kanssa kamat kirpparille, arvokamaa. Ostatte makkaraa ja pidätte peijaiset. Tämä poika lähtee Hannoveriin opiskelemaan. Mutsin komen-toääni ei kanna sinne asti." Helmut on minua kahdeksan vuotta ja Monica kuusi vuotta vanhempi. Monica meni heti, tultuaan täysi-ikäiseksi, naimisiin poikaystävänsä, Nicolasin, kanssa, sanoi mulle ennen häitä: "Gisse, mä saan kaiken, kundin, jota rakastan, lapsen, jonka haluan ja pääsen eroon mutsista. Muutan Stuttgartiin. Mä oon raskaana, älä kerro mutsille." Mutsi sai migreenin häissä, koska Monica oli paksuna, se näkyi, vatsa pömpötti. Mutsi huusi minulle, morsiusneidolle, kirkon takahuo-neessa: "Sinä katsot siskoasi ihaillen, otat mallia, kuten aina. Isä hokee olevansa ylpeä Monicasta. Rappioperhe.

Helmut saapui Hannoverista rämällä moottoripyörällä jonkun heilan kanssa. Ei mitään tapoja, ei alkeellisintakaan tietoa etiketistä. Pellossa kasvaneita, omapäisiä lapsia. Minä kuolen häpeään." Anteeksi, että kelaan omaa menneisyyttäni. Minussa on väkisinkin mutsia.

– Kerro lisää. Itse en osaisi kertoa yhtä elävästi. Sanoisinko niin, että Suomesta löytyisi mutseja, jotka saisivat migreenin vähemmästäkin.

– Monicalla ja Nicolasilla on kaksi ihanaa lasta, menen huomenna lastenlikaksi. Rakennamme hiekkalaatikossa yhdessä korkeita hiekkavuoria. Kävin keskiviikkona kotona, hakemassa kamasi. Mutsi vahti haukkana, huomasi, että pakkasin Helmutin kamoja, huusi: "Gisele! Pojan vaatteita?" Kerroin näytelmäkerhon esityksestä. Mutsi ei uskonut: "Ei yksikään näytelmäkerho esitä kesähelteillä ulkoilmanäytäntönä vuorikiipeilyä! Kuka poika on? Siinä häpäiset suvun! Kakista ulos!".

Tyttö taputti kämmenellään pojan reittä.

– Kiitos. Olen oppinut sinulta. Kehitin valitsemaani linjaa, lisäsin faktan, selitin epäilevälle:

"Puistossa kiven päälle asetetaan tyhjä maitotölkki, kivi kuvaa vuorta ja tölkki totuutta. Andy Warholin maineikkaassa undergroundelokuvassa, joka kestää neljä tuntia, mies kiipeää iltahämärässä vuorella, mitään muuta ei tapahdu, joten herää kysymys: 'Miksi mies kiipeää?' Katsoja saa tietenkin itse keksiä vastauksen. Meidän näytelmässämme kahdet kiipeilyvarusteet lähestyvät hiljalleen kiveä, siis vuorta, varusteita vedetään nailonsiimoilla pensasaidan takaa, joten herää kysymys..."

Mutsi keskeytti, kiljui:

– Valhetta! Joka sana! Herää vain yksi kysymys: "Kuka poika on?" Sinä häpäiset suvun, joka on tehnyt kaikkensa tulevaisuutesi eteen, etenkin minä, vaikka sinä synnyit vahingossa, kai ymmärrät, että kuuden vuoden ikäero tarkoittaa vahinkoa?

Kertoja huokaisi syvään, jatkoi:

– Ymmärrän mutsia, joka joutui tahtomattaan vaippahommiin. Todellisuudessa mutsi on aina pitänyt lapsistaan hyvää huolta, mutta narsistina sotkee omat toiveensa joka asiaan. Käytännössä suuri ikäero tarkoitti sitä, että vartuin merkittävän kehitysvaiheen lapsen elämästä enon talossa, Rudolfin kanssa, joka viisaampana koulutti minua. Tiedät, kaksi pentua, joista toisella on taipumus kulkea väärään suuntaan.

– Mihin suuntaan? kysyi poika.

– Suureen maailmaan, uteliaisuus voitti järjen. Olenko minä sinun mielestäsi jotenkin erikoinen, koiran kasvattama vahinko?

– Et, mun mielestä.

Tyttö nauroi kippurassa.

– Voi Pyhä Maria, arvasin. Menetkö kipsiin, jos nainen kysyy sinulta mielipidettä itsestään?

– Ehkä.

– Äiti opettaa. Käytän sanaa "Äiti" kompensoidakseni lapsuuttani. Älä koskaan vastaa: "Et, mun mielestä." Vastaus viestittää, että nainen saattaisi olla erikoinen muiden mielestä. Vastaa vaikkapa: "Et missään tapauksessa, koko maailma ihailee sinua." Painota sanaa "missään".

Tyttö neuvoi kääntymään seuraavasta risteyksestä vasemmalle. Saavuttiin liikenneympyrään, valittiin moottoritielle nouseva ramppi. Autobaana vei etelään, kohti Ranskan rajaa.

Tiistaina "Äiti" oli pakannut alustavasti kaksi reppua enonsa talossa Rudolfin kanssa. Vuoren kielekkeelle, "korkealle", rakennettiin suojavallia, työssä tarvittiin timanttipinnoitettuja kiiloja ja piikkejä. Vain Eno ja Rudolf tiesivät kahdesta kantajasta. Tyttö ihaili enoaan, psykologian professoria ja enon edesmennyttä vaimoa, Erika-tätiä, sijaisäitiään. Ammerien yllätyslapsi kävi päivähoidossa äitinsä veljen talossa, sinne oli hankittu koiranpentu, Rudolf.

Poika ajoi kaasu pohjassa moottoritietä, odotti kärsivällisesti seuraavaa äitijuttua, niitä oli riittänyt koko viikolle, poika kestäisi kompensaatioita vaikka loputtomiin, koska tyttö oli erikoinen.

– Äiti on pakannut ja laittanut kaiken valmiiksi. Tarvitsemme energiaa. Nautimme vuoren juurella ravitsevan aamupalan. Eväskori ja reput ovat etuluukussa. Aamupalan jälkeen Pekka pukeutuu kiipeilyvarusteisiin. Äiti neuvoo...

Tyttö nauroi, taputti pojan reittä.

– Anteeksi hössötys. Jännittää, huoli ensikertalaisesta. Olet minun vastuullani. Voisin jättää sinut leiriin Metsän Kuninkaan luokse, kuningas pitää huolta alamaisistaan...

– Metsän kuningas?

– Valtava tammi. Siitä vain parisataa metriä yläviistoon ja tullaan ulos metsästä karulle, äkkijyrkälle kalliorinteelle, alkaa pelottava jyrkännepolku, sitä jatkuu alle puoli kilometriä, noustaan mutkitellen ylös, sen jälkeen palataan metsään, harvaan ja kitukasvuiseen metsään, niin korkealla ilma on jo ohutta, jalat tuntuvat painavilta. Vastaa rehellisesti: huimaako sinua niissä olosuhteissa, kun toisella puolella polkua näkyy vain vapaata pudotusta?

– Ei huimaa, vastasi poika ja huolestui tytöstä, eikä missään olosuhteissa päästäisi Äitiä yksin sellaiselle polulle.

Päätös oli tehty. Kuski ja matkustaja pysyivät vaiti, kumpikaan ei luottanut kumppaniinsa.

Kupla ohitti moottoritiellä bussia, ajoneuvoilla oli suunnilleen sama huippunopeus, ohitus kesti kauan, viimein isompi antoi periksi. Pojan oli nähtävä eteenpäin, jossain vaiheessa sumun takaa astuisivat esiin vuoret, Alpit, massiivinen seinä. Poika kuunteli, tytön mielikuvitus ja kertojan lahjat lumosivat pojan... Pieni, soliseva puro syntyy vuoren uumenissa lähteestä, lumi muuttuu sulaessaan kristalliksi, kristalli täyttää kielekkeellä satulammen ja leijailee lopuksi kielekkeen reunan yli tuhansina tähtinä siihen paikkaan, mistä sateenkaari alkaa. Satumökki ja satulampi odottavat meitä... Enon ja äidin suku omistaa maa-alueita vuoren alarinteillä. Kauan sitten satukielekkeellä oli suvun metsästysmaja, nykyisin Vuoripelastusseuran tukikohta, jos rajuilma yllättää vuorella, niin satumökki tarjoaa suojan, ovessa ei ole lukkoa... Vahinko, että tänään lumihuippu ei näyttäydy maan matosille, sumu ja pilvikerros peittävät sen, mutta me kiipeämme pilvien läpi kielekkeelle, näemme huipun. Se on aika iso.

Pojasta Reutlingenin kukkula oli näyttänyt isolta, kun poika näki sen ensimmäistä kertaa.

<h1 style="text-align:center">6.1</h1>

Sade taukosi. Alataivas kirkastui hitaasti.

Autoa ajava poika erotti kaukana horisontissa seinän, Alpit. Seinästä erottui vain alaosa, loput oli helppo arvata. Tyttökin näki seinän, muuttui haaveilevaksi, sen kuuli tytön rauhallisesta äänestä:

– Tuulee. Kylmää ja karua. Ihminen muuttuu, huomaa pienuutensa kohdatessaan kauneuden ja ymmärtää oikean ystävyyden merkityksen, jos ei ymmärrä, niin ihminen valehtelee itselleen. Vuori ei valehtele koskaan.

Tytön sanat pyörivät pojan päässä hetken sekamelskana, järjestäytyivät. Kuski vilkaisi unelmoijaa. Sama katse, jonka poika oli nähnyt maanantaiyönä, se sama levollinen katse oli palannut tytön kasvoille, silloin tyttö kuvaili vuorta, nyt poika näki osan siitä itse. Silloinkin tyttö oli katsonut sisäänpäin ja rauha valtasi kahden sängyssä alastomana makaavan ihmisen mielet. Maattiin hiljaa vierekkäin, kädet koskettivat toisiaan...

Sama tunnelma toistui täysin erilaisessa tilanteessa. ”Ystävyys, rakkaus, ystävyys, kipinä, liekki, kipinä, salli vihan tunteen, rauha rakentui tasapainosta”, mietti poika, joka oli palannut mielessään maanantaihin, elämänsä kauneimpaan päivään. Tennishallissa koettu syvä viha oli muuttunut taikaiskusta ystävyyden rakennustarvikkeeksi, legopalikaksi...

Markwasenin tenniskeskus.

Kolmas erä. Ties monesko erä- ja ottelupallo?

Poika voitti. Tyttö heittäytyi mahalleen kentälle, takoi

nyrkeillään lattiaa, sätkytteli raivokkaasti sääriään, kiljui kuin tapettava:

– Mä vihaan! Mä vihaan! Mä vihaan!

Poika suuttui, heitti mailansa päätyverkkoon. Pojalla oli periaate: jos ihminen ei osaa hävitä pelissä, niin ihminen ei osaa mitään. Poika huusi:

– Vihaa vaikka tappiin asti! Piru balettihameessa! Hyvästi!

Vihainen poika juoksi miesten pukuhuoneeseen, repi vuokratut tennishousut jalastaan, heitti ne seinään... Housut tippuivat pukukaappiristön ja seinän väliin. Poika kokeili tossulla, totesi:

– Ei mahdu... Poika riisui paidan, tähtäsi, heitti, totesi tyytyväisenä:

– Mahtuu...

Oven takaa kuului tytön muuttunut ääni:

– Pekka. Etkö muista minua? Minä olen se kiva tyttö, Gisele, se hirveän kiva tyttö.

Poika oli kusessa, kalsarit kädessä, tähtäsi... Totta kai poika muisti sen hirveän kivan tytön. Pukuhuoneen ovi avautui.

Tietenkin kyseessä oli ollut "Kipinä, joka roihahti liekiksi", ja tietenkin liekki piti tukahduttaa kipinäksi. Mistäpä muustakaan olisi ollut kysymys?

Se oli ollut hurja ottelu.

Ensimmäisen erän voitti tyttö leikiten. Poika ymmärsi tauolla istuessaan penkillä ja tankatessaan nestettä tekemänsä virheen:

– Piti seurata palloa, ei balettihametta.

Pelattiin naisten säännöillä "paras kolmesta -ottelua"

ilman äkkikuolemaa, mikä tarkoitti tasaväkisessä ottelussa jokaisen pelin, erän ja ottelun venymistä. Poika voitti seuraavan erän täpärästi, kun pallo muutti suuntaa osuttuaan verkkonauhaan.

Kolmas, ratkaiseva erä.

Palloa oli lätkitty yli tunti ja vauhti kiihtyi. Poika oli juossut pohjiksi valimossa kahdeksan tuntia, uimahypyt oli hypitty, nyt taisteltiin voitosta. Kumpikaan ei antanut periksi. Fysiikat rupesivat pettämään. Tyttö oli hurja, silmät paloivat, hiki lensi kaarena tytön päästä, kun tyttö löi, juoksi palloa vastaan saadakseen lyöntiinsä lisää voimaa. Tyttö oli taitava, juoksutti poikaa, nauroi, kun poika joutui hakemaan... Tyttö kirosi lyödessään, tyhjensi keuhkot... Märkä, painava poninhäntä heilautti tytön pään ääriasennosta toiseen. Ihme, ettei tytön niska katkennut. Pojan aivot sumenivat, syntyi päätös:

– Kääpiölle en häviä...

Tuli pelastus, mielikuva.

Katsottiin Ollin kanssa jotain loppuottelua, jotain Ranskan avoimia, oliko siinä vastakkain joku saatanan Agassi ja Lendl, samantekevää, koska iso poika tiesi viimeisen, ratkaisevan pelin alkaessa voittajan:

– Pojilla spragaa fysiikka. Se kumpi tähtää jalkoihin, se voittaa. Väsy painaa poikia, voi, voi, pitäisi lenkkeillä enemmän, niin kuin me. Kato, lyönnit hajoaa, Agassi tähtää tossuihin.

Poika oli palauttanut tytön jalkoihin ja voittanut.

Autoa ajava poika nauroi, ei pystynyt pidättelemään pakkoreaktiota. Kentällä sätkyttelevän, kiljuvan tytön tennishame oli noussut ylös. Näyn lumo purkautui nauruna. Tyttö heräsi transsistaan, sanoi:

– Pärjätään. "Tärkeintä on kerätä alitajuntaa varten kauniita muistoja", sanoo eno.

– Pärjätään, sanoi poika, jatkoi:

– Olen kuullut enosi äänen kerran, maanantaiyönä, kun kiipesit kirsikkavarkaisiin. Matala, luottamusta herättävä ääni. Minullakin on eno, Antti, esikuva. Antti puhuisi samalla tavalla: "Rudolf. Haen aamutakin. Tulen. Oletin, ettei Gisele enää kiipeile aidan yli. Oletin, että Tuulispäästä on tullut hieno neiti. Oletuksia. Kolme iloista haukahdusta, tavutettuna tarkoittaa: 'Tuu-lis-pää'."

Kymmenen minuutin kuluttua auto täyttyi itkusta.

Tyttö oli etukäteen varoittanut parkumistaidoistaan.

– Surutyö tulee syvältä, se pitää tehdä.

Tyttö oli Reutlingenissa Rudolfin vuoksi. Tytön opettaja tapettaisiin, Rudolfin otsaan ammuttaisiin piikki. Enon ystävä, eläinlääkäri, lopettaisi Rudolfin maallisen vaelluksen. Syöpä levisi. Eno ei halunnut kertoa päivää, eikä eläinlääkärikään, tyttö oli käynyt kysymässä. Eno vain hoki:

– Ei Rudolf kuole, vaan kohtaa Hengen, muuttuu sudeksi, palaa kotiin.

Tyttö lentäisi tulevan viikon perjantaina New Yorkiin, eno arvasi, että tyttö palaisi, jos tietäisi päivän.

Tyttö nukkui yönsä Reutlingenin asunnossaan. Aamulla tyttö kävi uimassa isänsä kanssa Frebadissa, jatkoi enonsa taloon. Joka päivä tyttö ja Rudolf tekivät kaksi pitkää kävelylenkkiä tuttuihin paikkoihin. Edettiin rau-

hallisesti, tavattiin koirapuistoissa monta Rudolfin tyt-
töystävää, kaveria ja jälkeläistä. Paluumatkalla naures-
keltiin, arvosteltiin muita koiria:

– Schwarz-Peterillä on harmaa parta.

Pojalle muodostui selkeä kuva "yllätyslapsen" varhais-
lapsuudesta.

Aamuisin Gisse vietiin enon taloon hoitoon. Aamu-
päivällä ihana Erika-täti saattoi pennut leikkipuistoon
tapaamaan muita pentuja, antoi perillä Rudolfille ohjeet:

– Kello kaksitoista olette tässä, samassa paikassa, tu-
len hakemaan, laitan lounaaksi kirsikkakiisseliä, säm-
pylöitä ja lihapataa. Vahdi Gisseä. Heti, kun täti katosi
näkyvistä, kaksikko lähti kohti kukkulan huippua, kal-
lioille kiipeilemään ja tutkimaan sisiliskojen mielenkiin-
toista elämää. Matkalla ohitettiin Schwarz-Peterin talo.
Nuori dobermanni, valioyksilö, tuli uhittelemaan kor-
kean aidan taakse parivaljakolle. Rudolf irvisti ja tyttö
näytti kieltään. Kerran Rudolf kyllästyi pelkästään irvis-
tämään, otti vauhtia ja hyppäsi aidan yli, kellisti uhitte-
lijan, otti hampaillaan kurkkuotteen, opetti:

– Kuka on valioyksilö?

Kello kahdeksaksitoista tyttö ajoi Markwasenin bussi-
pysäkille kohdatakseen pojan.

Lauantain ja sunnuntain Rudolf vietti enon kanssa.

Pojan vieressä istuva tyttö huokasi:

– Enon mielestä eläin opettaa ihmistä. Rudolf opettaa
professoria, "professori" on titteli.

Tyttö otti hansikaslokerosta avaamattoman pakkauk-
sen paperinenäliinoja, avasi sen.

– Istutaan talon terassilla. Rudolf pitää päätään sylissäni, katsoo minua silmiin lempeillä silmillään, kysyy:

– Tuulispää, vuori odottaa, mitä odotat? On epäkohteliasta antaa ystävän..."

Pato murtui.

Tyttö oli pelottavan taitava parkuja, taitava lajissa kuin lajissa.

Lopulta parkuja rauhoittui, ryhtyi kertomaan Rudolfin hautajaisista. Aihevalinta huolestutti poikaa.

Viimeisellä puolitiehen jääneellä reissulla kielekkeelle Rudolf kaivoi kuopan. Eno, Rudolf ja vuori. Maaliskuun idus, niin eno sanoi, vuori herää kevääseen, tapahtuu ihme, mikä lujittaa uskoa tulevaan. Rudolf kiipesi vaivalloisesti, ei suostunut palaamaan, eno seurasi sitä. Sillä kohtaa, kun Metsän Kuninkaan latva näkyy ensimmäistä kertaa, silloin ollaan jo korkealla, sillä kohtaa Rudolf pysähtyi, ulvoi, palasi juurilleen sudeksi, siirtyi painanteeseen, kaivoi kuopan. Arvaatko miksi?

Poikaa pelotti. Sana "hauta" saattaisi murtaa tytön kyynelkanavien padot, toisaalta valehteleminen rassaisi, asiat puhuttiin, niin kuin ne ymmärrettiin, ei kaunisteltu, kerrottiin totuus...

– Kaivoi hautaansa.

– Hyvä Pekka! Oikea vastaus. "Atavistinen reaktio", siteeraan enoa, joka ihailee intiaanikulttuurin luontokäsitystä. Kuoleman tunto ohjaa kuolevan metsään, missä odottaa Henki kuljettaakseen kuolevan kuolemattoman sielun autuaille metsästysmaille. Rudolf haudataan osoittamaansa paikkaan. Ainuttakaan virttä ei veisata, ainuttakaan liturgiaa ei jankuteta, mitään muistolaattaa ei tule, koska on Vuori ja Henki. Vuoripelastusseuran seniorijäsenet kantavat huopaan käärityn vainajan hautapaikalle, laskevat ruumiin kuoppaan, täyttävät kuopan, keräävät kiviä haudan päälle. Samana iltana eno pitää osallistujille esitelmän kaupungintalolla aiheesta "Intiaani, Vuori ja Kevät." Eno järjestää tarjoilun, olutta, makkaraa, pakolliset salaatit ja intiaanijuomaa, mikä tarkoittaa enon valmistamaa Kirschwhiskyä. Sanoin enolle, että osallistun tilaisuuteen. Eno selitti vaivautuneena: "Se on mahdotonta. Kerron esimerkin, squaw ei koskaan polta rauhanpiippua, koska ei aloita sotaa. Ymmärrän sanan 'sukupuolidiskriminaatio', mutta kun intiaanit eivät ymmärrä. Gisele, me kaksi olemme aina ymmärtäneet toisiamme. Sinäkin olet harvinaisen omapäinen ja ovela yksilö, melkein yhtä ovela kuin minä."

Tyttö mietti, kysyi:

– Sana "ovela" kuulostaa keljulta. Onkohan olemassa "hyvää oveluutta"?

– Tietenkin. Enot ovat viisaita. Oma enoni, samooja ja teatterimies, kertoo samanlaisia viisauksia. Suomen itärajan ylittämiseen tarvitaan viisumi. Jos samooja hakisi viisumia, niin sitä ei myönnettäisi, siksi samoojat ohittavat virkakoneiston, soveltavat "hyvää oveluutta" ylittäessään rajan, manipuloivat elektroniikkaa...

– Keksit omasta päästä?

– Enhän. Kerron helpomman esimerkin, itse koetun. Toissa kesänä olimme Ollin kanssa kalastamassa Keski-Suomessa, koskilla. Antti järjesti, oli vastassa autollaan Jyväskylän rautatieaseman parkkipaikalla, Jyväskylä vastaa Tübingeniä, paikallinen Ateena. Ajoimme Konnevedelle, marssimme korpeen vanhalle uittokämpälle. Eno näytti paikat, kanootit ja sen sellaista, lähti Kuopioon, siellä kaupunginteatterissa esitettäisiin uutta, venäläistä lyriikkaa ja Antti tapaisi jonkun pietarilaisen runoilijan. Uskotko, että Kuopiossa syödään suurena herkkuna kalakukkoja?

– En.

– Guuglaa netistä hakusanoilla "Kuopio" tai "kalakukko", niin uskot, näet kuvan Hanna Partasen leipomasta kalakukosta. Tieto voittaa aina luulon. Automatkalla kämpälle eno kertoi meille Siperian tundrasta, Pohjoiseen Jäämereen laskevista joista ja kaloista, jotka ovat suurempia kuin kalavaleet. Olli epäili, iso poika on innokas kalamies. Olli johdatteli keskustelun ovelasti viisumiasioihin. Anttia nauratti: "Ollilla leikkaa, Olli arvaa, ettei isojen kalojen pyydystämiseen tarvita viisumia. Hyvä oveluus voittaa pahan oveluuden, kun tavoitteena on kalastus."

– Voi Pyhä Maria.

Poika ajoi, mietti enoaan. Vieressä istuva tyttö katsoi vaihteeksi sisäänpäin. Autossa vallitsi rauha, pidettiin luova tauko. Antti-eno ihaili intiaanien luontokäsitystä. Eno kuului "Tundrapelastusseuraan". Siperian viimeiset paimentolaiset tarvitsivat apua, ympäristö tuhoutui kasvavan ahneuden tahdissa. Yksi kaivos saattoi myrkyttää ikiaikaisen joen alajuoksun. Oikeastaan poika ei tiennyt juuri mitään samoojista, neljästä rohkeasta miehestä, kukaan ei ollut koskaan kertonut, kuitenkin hivenen, koska pikkupojillekin kasvaa korvat.

Kuusamon piilopirtti. Varhaisnuoruuden onnelliset, pilvettömät kesät, viikko tai pari kaksistaan enon kanssa samoilemassa metsissä ja vaaroilla, oppimassa. Hiivittiin purolle, kahdeksanvuotias poika edellä, aurinko paistoi takaa. Oksa rasahti jalan alla... jännitti. Onget oli tehty itse, taipuisa pihlaja veistettiin lyhyeksi vavaksi, pala kaarnaa tai pala kuivaa oksaa sidottiin kohoksi, käytettiin aina samoja siiman pätkiä, sidottiin koukku, mistä puuttui väkänen. Syötteinä käytettiin lahopuista kaivettuja toukkia, maattiin puron pientareella, koho lipui kohti pientä suvantoa... Odotettiin, yritettiin ohjata kohoa vavalla. Jännitys huipentui iskuun, purotaimen ei näykkinyt, vaan iski. Kalastettiin kaksi kaunista taimenta per nokka, ei koskaan enempää, koska puro tarvitsi taimenkantaa ja taimen puroa.

Vain yhden kerran poika oli tavannut muita samoojia, myöhään illalla pirttiin astui kolme voimakkaanoloista, hymyilevää miestä: kirurgi, biologi ja nörtti, kaikki "teatterimiehiä". Mukavia, aikuisia miehiä, kirurgi tarjosi pojalle Marienne-karkkeja. Miehet ryhtyivät tuvan pöydän ääressä kyselemään enolta teatterikuulumisia. Tuli pojan nukkumaanmenoaika, poika meni totuttuun tapaan pirtin peräkamariin, enohan nukkui makuupussissa tuvan lattialla, jäi aina lukemaan tai kirjoittamaan pöydän ääreen, öljylampun valoon pojan lähtiessä yöpuulle. Poika oli kuunnellut salaa, kun miehet keskustelivat tuvassa hiljaa... Aamuyöllä vieraat lähtivät. Poika oli kuullut jännittäviä tarinoita, niiden rinnalla sarjiksetkin kalpenivat. Seuraavana aamuna eno arvasi, että poika oli kuunnellut. Poika myönsi. Eno selitti:

– Käytiin lävitse käsikirjoitusta.

Antti-eno oli julkisuuden henkilö, joka saattoi kadota kuukausiksi. Media keksi myyviä selityksiä, juopottelua, naisia, nähty milloin missäkin... Autoa ajava poika tiesi varmasti, että eno oli valehdellut kymmenen vuotta aikaisemmin. Muut samoojat liittyivät tuskin millään tavalla teatterin ihmeelliseen maailmaan, ehkä kävivät joskus katsomassa jonkun esityksen. Kirurgia oli haastateltu televisiossa huhtikuussa. Poika tunnisti heti samoojan, sama mies, joka oli tarjonnut karkkia ja jota muut samoojat olivat yöllä, Kuusamon pirtin tuvassa, kutsuneet "keikariksi". Siniset silmät, vaalea, aaltoileva tukka, Suomi-filmin sankarityyppi. Haastateltava vaikutti väsyneeltä, uutispätkä tuli suorana Afganistanista.

– Kysytte, miksi leikataan kenttäolosuhteissa, vaikka tiedätte vastauksen? Aito veri myy, osa yleisöstä seuraa sotaa live-viihteenä. Anteeksi, joudun poistumaan, näyttelijät, jotka esiintyvät tahtomattaan, tarvitsevat huoltoa. Jenkkimedialla on "major-problem", jalattomien tarjonta ylittää kysynnän.

Autoa ajava poika oli ollut täysin varma nähtyään haastattelun, että samoojat tilttasivat hetkeksi Suomen itärajan sähköiset valvontajärjestelmät mennessään läpi, jatkoivat tundralle, Villiin Itään auttaakseen paimentolaisia... Poika oli huolissaan samoojista, joten toukokuussa poika oli kysynyt suoraan enoltaan ja sai suoran vastauksen:

– Osallistuva teatteri perustuu live-dokumentteihin, aitoon tavaraan. Virikkeenä ei ole uteliaisuus, vaan pikemminkin rakkaus, nainen, joka ilmestyy uniin. Muista aina, että sinä et tunne yhtään samoojaa, ainoastaan neljä miestä, jotka hoitavat tunnollisesti siviilitoimensa.

Poika muisti lyhyen keskustelun kotoaan paria päivää ennen Saksaan lähtöä ollessaan entisessä, muistorikkaassa omassa huoneessaan etsimässä lisäsukkia matkaa varten. Äiti sanoi huolestuneena olohuoneessa isälle:

– Veljeä painaa jokin asia. Antti on fiksu, kaksi lopputintutkintoa, viimeisin käsikirjoitus ja ohjaustyö onnistuivat, salit täyttyivät. Aikuinen mies katoilee kuin päämäärätiedoton ihminen.

– Älä usko lehtiä. Antti on lahjakas, toimittaja pelkkä leipäpappi. Puhuimme saunassa, siellä puhdistuu myös mieli, salaisuudet pestään pois. Veikkaisin erästä pietarilaista naisrunoilijaa, siinä on päämäärää tarpeeksi.

<h1 style="text-align:center">6.2</h1>

Moottoritieltä käännyttiin perustielle.

Poika kertoi tytölle samoojista, yllättäen kuuntelija ei keskeyttänyt heti alkuunsa, joten poika innostui, antoi tulla:

– Samoojilla on paljon ystäviä tundralla. Pjotr, kopterimies, lentää itse rakentamallaan härvelillä varoittamaan vaeltavia paimentolaisia saasteista ja säteilystä. Urmudjaggen, yli satavuotias shamaani, herättää kauhua ryssissä, tietäjän rekeä vetää seitsemän sutta. Tietäjä nousee reessään seisomaan, kohdatessaan ryssiä, siis neuvostoliittolaisia sotilaita, vanhus kohottaa kätensä kohti taivasta, kiroaa, huutaa venäjäksi "Mir", maaginen sana tarkoittaa "Rauhaa". Anastasia, mielettömän kaunis paimentolaistyttö...

Tyttö keskeytti pojan, kysyi huolestuneella äänellä:

– Pekka. Et kai sä vaan usko noihin satuihin?

Alkoi loiva, hitaasti nouseva tieosuus, etäällä edessä siinsi metsää, mikä kohosi kohti korkeuksia kadotakseen sumuun...

Odotettu tavoite. Puomilla suljettu, kapea sivutie, liikennemerkki: "Tie päättyy", sen alla kyltti: "Yksityistie".

– Jippii! Viimeinkin! Melkein perillä, huusi sotilas, vetäessään pipon syvälle päähänsä.

Poika pysäytti auton tien laitaan. Sotilas hyppäsi salamana autosta ulos, juoksi, avasi puomin, viittilöi tuulimyllynä...

Hiekkatie nousi yhä jyrkemmin, rupesi kiemurtelemaan. Vuori oli iso. Kuski vilkaisi vasemmalle, adrenaliinia virtasi vereen:

– Ei ollut enää mitään muuta maailmaa kuin vuori ja sumu...

– Enää kaksisataa metriä parkkipaikalle, pysäköi kahden isoimman puun väliin, siitä voi peruuttaa, kääntyä...

Poika parkkeerasi puiden väliin. Mielikuvat ylämäestä katosivat lopullisesti, rinne nousi jyrkästi. Pipopäinen joukkueenjohtaja, määräilijä, seisoi auton edessä, kiljui:

– Avaa etupellin lukitus! Voi Pyhä Maria! Kai insinööri yhden vivun löytää...

Eväskori. Äiti oli laittanut.

Kiireinen tyttö mongersi ruokaa suussaan kannustavia kertomuksiaan, ei ollut luultavasti lukenut "Käytöksen kultaista kirjaa". Nälkäinen poika ei ollut koskaan syönyt maukkaampaa täytettyä patonkia: välissä möllötti paksuina siivuina pojan suosikkijuustoa, rasvaista emmentalia, siivujen alla oli avocadoviipaleita, salaattia ja sitä italialaista, isolakkista sientä, mikä muistutti muodoltaan haaparouskua, juuston päällä hakattua sipulia ja tomaattiviipaleita. Puolen metrin patonkia oli luultavasti uitettu oliiviöljyssä. Mysliä ja täysmaitoa. Kahvi oli tervaa, maistui taivaalliselta, kofeiinilataus pitäisi hereillä viikon. Poika kiitti tyttöä, suudeltiin ensimmäistä kertaa matkan aikana.

Tyttö sanoi pitkästä aikaa rauhallisella äänellä:

– Minä en ole piru balettihameessa, kiitos kohteliaisuudesta. Sanot heti, jos tuntuu pahalta, höllätään vauhtia, pysähdytään, levätään aina välillä. Maailmasta löytyy vain muutama ihminen ja yksi koira, joiden kanssa uskallan kiivetä vuorelle, kohdata jyrkännepolun. Pelkään pudotusta, syntisen kadotusta. Kuusivuotiaana istuin isän turvallisilla harteilla, noustiin jyrkännepolkua, katsoin alas, pelko iski, huusin:

– Tipun! Pelottaa!

Eno kiipesi takana, huusi tuulen vuoksi:

– Hyvä Tuulispää. Jokainen meistä pelkää, paitsi Rudolf, koska luottaa ystäviinsä, Vuoreen ja Metsän Kuninkaaseen. Rudolf palaa kohta ylhäältä kovaa vauhtia, kieli roikkuen polulle, tarkkaile Rudolfia, huomaat riemun. Rudolf luottaa, ymmärtää, mitä tapahtuisi, jos tippuisi. Jos joku Vuoren ystävä tippuisi, kuka tahansa, koira, vuorikauris tai ihminen, niin Metsän Kuningas kasvattaisi pitkän oksan, tekisi oksanhaaraan lehdistään pehmeän pedin. Putoaja tippuisi petiin. Kuningas ehkä toruisi ystäväänsä, sanoisi viisaalla äänellään: ”Etkö sinä, vaikkapa Gisele Ammer, muista ystäviäsi, kyllä sukkelajalkaisenkin pitää luottaa ystäviinsä, on epäkohteliasta testata...”

Tyttö nauroi:

– Psyykkausta, meni perille. Rudolf kaahasi ylhäältä hurjaa vauhtia polulle, jarrutti, katsoi minua silmiin moittivasti. Rudolfilla oli tärkeitä uutisia: ”Mitä sä kuhnit? Meidän kaveri, iso vuoripukki, odottaa ylhäällä. Kai sulla on sämpylöitä repussa?”. Minua hävetti.

Kertoja noukki servietin korista, heitti pojalle:

– Ruokalista naamassa. On ihanaa muuttua metsäläiseksi. Kiivetäänkö saman tien nelisen tuntia Metsän Kuninkaan luokse, pidetään kymmenen minuutin tauko. Jaksatko?

– Jaksan näillä pöperöillä.

– Hyvä. Aluksi hitaasti ruuan takia, sitten kiihdytetään. Koskaan ei kannata pitää pitkää taukoa, hiki ei saa kuivua. Jätetään osa vesipulloista Kuninkaan luokse paluumatkaa varten. Siitä vain kolmisen tuntia ja ollaan perillä. Riisumme, pulahdamme kristallilampeen. Ajattele sitä!

Poika ajatteli satutädin sepittämiä tarinoita, ei uskonut tarinaan satulammesta, eikä...

7.

Parkki- ja kääntöpaikka. "Ei isoille autoille". Ajoikohan tytön enokin kuplalla? Todennäköisesti, mietti poika, ei pitänyt ajatusta mahdottomana kuulemansa perusteella. Seuraavan kerran syötäisiin satumökin suurella parvekkeella, sytytettäisiin ensin tuli ulkotakkaan. Herkuteltaisiin. Pussikeitto on retkeilijän viimeinen turva.

Poika riisui, asetti vaatteensa siististi volkkarin takapenkille, avasi urheilukassit, pukeutui Helmutin varusteisiin. Äiti siivosi aamupalan jäljet.

Paksu poika, paksupohjaisissa jalkineissaan nosti tytön repun auton etuluukusta, reppu oli painava. Poika auttoi repun tytön selkään, ei kinannut painosta hurjan kanssa. Tytön silmät hehkuivat intoa. Poika oli tarkastanut oman reppunsa sisällön. Ammattilaisen työtä, painopiste lähellä alaselkää, taitavaa työtä, vaihtoalusvaatteet muodostivat pehmusteen selkää vasten. Muoviset vesipullot olivat lievästi suorakaiteen muotoisia poikkileikkaukseltaan, kivityökaluja pakattuina kuplamuovikalvoon ja otsalamppu, palattaisiin yöllä.

Tyttö joutui hyppäämään kolme kertaa sovittaessaan painavan repun haluamallaan tavalla selkäänsä, poika selvisi yhdellä.

Seikkailu alkaisi. Tytön into tarttui poikaan:

– Kaksi samoojaa. Vuori odottaa meitä. Tavoitteena eteläseinämä, kieleke kesälumirajan alapuolella? Pärjätään!

– Hyvä Pekka. Pärjätään!

– Tehtäisiinkö niin, että minä johdan samoojia?

– Ei. Et sä osaisi, et tunne maamerkkejä, puita ja lohkareita. Markwasenin kuntoilupolku puuttuu. Minä osaan reitin vaikka unissani...

Poika keskeytti. Metsän tuoksu. Antti-eno, yhdeksänvuotias poika. Kuusamo. Julma Ölkky.

– Kokeillaan. Vaihdetaan vetäjää, jos teen virheen.

Jyrkkenevä satumetsä.

Varhaislapsuuden maisema, tuttu Grimmin veljesten kuvitetuista satukirjoista. Aluskasvillisuus puuttui. Suurten puiden muodostama katto, korkea latvusto, suodatti valon taikahämäryydeksi. Hannu ja Kerttu, kuolemaantuomitut, matkalla Piparkakkutaloon. Noita odottaisi, lipoisi kieltään. Katovuosi oli sekoittanut köyhän puunhakkaajan pään. Äitipuoli oli ahne. Noita oli ahne. Satu opetti ahneudesta.

– Apaja, kasa leivänkannikoita, oli yhteinen. Vai oliko? Ei, jos ahneus astuu sisään mökin ovesta.

Reippaasti kiipeävä poika muuttui osaksi satuja, metsä inspiroi. Tyttö, joka puhkui pojan takana, muuttui keijukaisprinsessaksi...

– Miten osasit kääntyä heti puun jälkeen oikealle?

Poika palasi osittain todellisuuteen, nautti jokaisesta askeleesta, koska prinsessa puhkui takana. Pojan suuntavaisto ja logiikkaan perustuva koodaustaito tekivät reitin valinnasta triviaalin ongelman.

– Jokainen, joka kantaisi raskasta reppua selässään ylös jyrkkää rinnettä ja tietäisi tavoitteen, valitsisi energiaa säästävimmän reitin.

Tyttö huusi:

– Oot sä hereillä! Vastaa kysymykseen!

– Kysyin puulta!

– Mitä?

– Peruslogiikkaa. Pienimmän energiatarpeen periaate, matkin Rudolfia. On oletettavaa, että vuori kapenee ylöspäin mentäessä. Ihminen joutuu määrittelemään suunnan kompassin puuttuessa, siis etelän, rannekellon ja auringon avulla. Taivas kirkastuu. Katso kellostasi reaaliaika kahdenkymmenenneljän tunnin järjestelmässä, jaat kellonajan kahdella, paikannat auringon...

– Täh!

Poika opetti keijukaisprinsessalle, miten samoojat määrittelevät ilmansuunnan ilman kompassia.

Vaellettiin Kuusamon vaaramaisemassa reput selässä, välillä rinnettä ylös ja välillä alas, etsittiin salaperäisiä lampia, niiden kalakanta koostuisi jättiahvenista. Istuttiin lammen rannalla, perattiin kahta isoa ahventa. Antti kysyi:

– Maistuisiko limu ja jäde juhlan kunniaksi?

– Joo. Siltakiska on lähin paikka.

– Osaatko suunnistaa kiskalle?

– Joo. Ensin Julmalle Ölkylle. Mä näytän.

– Hyvä. Se on lyhyin reitti. Suolataan kalat, saadaan loimuahventa päivälliseksi ja sitten matkaan, sanoisi Veli Hopea. Miten tiedät näkemättä, missä rotkojärvi on?

– Luoteessa, noin kahden kilometrin päässä. Julma Ölkky on niin pelottava paikka, että on parasta tietää koko ajan, missä se luuraa. Pelottaako sua siellä?

– Joka kerta. Tuntuu, että pystysuorat seinämät kaatuvat päälle. Kapea rinnepolku on oikeasti vaarallinen, pitää keskittyä jokaiseen askeleeseen, karkuun ei pääse, pitää purra hammasta, luottaa itseensä, ajatella, että seinämät suojelevat. Ollaan kiivetty kerran aikaisemminkin yhdessä oikotietä, mikä säästää aikaa lähes tunnin, kun jäätelönälkä yllättää.

– Just noin. Entäs se synkkä, vaaniva vesi?

– Ei vesi odota tippujaa. Joskus sekin on merkinnyt suojaa, nyt vesi lepää. Kerron illalla tositarinan kahdesta reippaasta hakkapeliitasta, jotka lähtivät Kajaanin linnasta kohti itää, seikkailuja. Kummallakin kaveruksella oli voimakas mielikuvitus, salainen ase, mikä oikein käytettynä nujertaa pelon. Unohdit kertoa, miten löydät rotkojärven pelottavine seinämineen, toisaalta sillä ei ole merkitystä, jos ihminen, pieni tai iso, tietää...

Jatkuva kiipeäminen vaati kovaa kuntoa.

Kumpikaan ei ollut puhunut pitkään aikaan, piti säästellä. Puuskuttava tyttö seurasi poikaa, joka katsoi pää takakenossa vähän väliä ylöspäin, teki päätöksiä reitistä. Poikakin puuskutti, vilkaisi enää harvoin taaksepäin tyttöä tietäessään, että Keijukaisprinsessa pärjäisi, antaisi viimeisenä periksi, jotain ihmeellistä odotti ylhäällä ja ymmärrys kasvaisi.

Ilma oheni. Vauhti hidastui, lihakset tarvitsivat happea. Vain kerran oli pysähdytty muutamaksi minuutiksi, tankattu. Hieno hetki. Ei puhuttu, juotiin seisaaltaan, vuorotellen samasta vesipullosta, katsottiin syvälle silmiin...

Edetessään poika ajatteli enimmäkseen tyttöä, etenkin maanantaita, silloin, seitsemässä tunnissa oli tapahtunut monta ihmettä. Freibad. Keltaiset bikinit, täydelliset vatsalihakset. Poika onnistui hypyssään, tytön vuoro. Käytiin lainaamassa Freibadin toimistosta uimalakki. Kaikki tunsivat Giselen. Tyttö seisoi vakaana kuin patsas kolmen metrin ponnahduslaudalla selin altaaseen, vain päkiät ja varpaat koskettivat lautaa, raju ponnistus, lauta taipui, sinkosi tytön ylös takaviistoon, ojennetun vartalon kaari, veteen, kädet puhkaisivat veden pinnan, vaikea hyppy, vain hitusen yli... Uitiin isossa altaassa, vedettiin pikamatka, viisikymmentä metriä kilpaa. Tasapeli. Punnerrettiin altaan reunalle. Tennishalli. Viha. Kipinä, liekki, kipinä. Käytiin yhdessä suihkussa, "Säästettiin vettä. Ympäristöteko." Tytön Reutlingenin asunto. "Viimeinen viikko, kun vapaa ihminen on henkisesti vapaa." Kondomi?

– Nuori mies, opiskelee tekniikkaa, ei omista edes yhtä kondomia. Voi Pyhä Maria! Sinä käyt kioskilla, kirjoitanko muistilapun? Minä laitan sillä aikaa uunivoileivät ja salaatin. Juodaan lasit punaviiniä, sinä ajat muutaman tunnin kuluttua Markwaseniin, minä ajan yksin takaisin.

Poika palasi kioskilta.

– Pekka-poika istuutuu pöydän ääreen ja odottaa. Äiti passaa. Anteeksi, että kompensoin, vaikka lapsuuteni oli kultainen, kiitos kaikille. Minulla oli tuki ja turva, etenkin Rudolf. Miten joku voi olla niin älykäs ja vaatimaton?

Siinä vaiheessa maanantai-iltaa poika ei vielä tiennyt, että Rudolf oli koira. Äiti oli taikonut täydelliset, lämpimät sienivoileivät, savukalasalaattia: sinipallasta, pojan herkkua, isoina paloina, parsaa, kesähernettä...

Sänky.

Poika oli kiivennyt korkean vuoren huipulle, nähnyt valon, ymmärtänyt... Tyttö aloitti rauhallisella äänellä kertomuksensa vuoresta, katsoi sisäänpäin. Pienen hetken poika oli ajatellut itsekeskeisesti, että tyttö kertoi pojasta.

<h1 style="text-align:center">7.1</h1>

Ilma kirkastui. Sumu matkusti Ranskaan.

– Metsän Kuningas, kaikista kuninkaista viisain, puuskutti tyttö, laski reppunsa ison kiven päälle, määräsi:

– Tauko. Vesipullot.

Määräilijä retkahti selälleen rinteeseen.

Varttituntia aikaisemmin edellä puhkinut poika, joka oli tarkkaillut rinnettä yläviistoon päättääkseen reitistä. Poika oli katsonut ylemmäksi, vielä ylemmäksi... Valtava puu, joka jatkui aina vaan kohti korkeuksia. Poika huusi tytölle:

– Ei näin ylhäällä voi kasvaa jättiläistammea! Mikä se on?

– Kysy siltä, puuskutti tyttö!

Poika levitti kätensä, kosketti jättiläistammen runkoa, kaarevaa seinää, kuiskasi, esittäytyi:

– Ystävä.

Poikakin laski reppunsa ison kiven päälle, repun nostamiseen kuluisi vähemmän energiaa. Poika otti repusta kaksi litran vesipulloa, antoi toisen tytölle, heittäytyi selälleen rinteeseen tytön viereen, ilmalento oli lyhyt, rinne nousi jyrkästi. Valtava helpotuksen ja onnen tunne täytti pojan mielen, tunne johtui monesta syystä, yksi niistä oli selällään makaamisen autuus. Poika uskoi tytön kokeneen saman tunteen. Katseet kohtasivat, kumpikin nauroi.

Selällään, noin neljänkymmenen asteen kulmassa lepäävä poika katseli jättiläispuun oksia, puun oksat levittäytyivät kaikkialle. Kuninkaan alamaiset, muut puut, näyttivät kääpiöpuilta ja poika itse näyttäisi kirpulta.

Tytön enon kertoma tarina kuusivuotiaalle lapselle, tytön kertomana pojalle, palasi pojan mieleen: "Metsän Kuningas pelasti Gisele Ammerin oksallaan."

Satu herätti toivon, siinä sen merkitys oli. Jyrkännepolku lähestyi vääjäämättä, vaikka reaalisesti polku pysyi paikallaan, silti polku oikein hiipi, pelotteli. Poika kuiskasi mielessään Metsän Kuninkaalle:

"Muista kasvattaa oksa." Poikaa pelotti...

Vieressä lepäävän tytön hengitys tasaantui. Tyttö otti poikaa ranteesta kiinni, puristi kevyesti:

– Pärjätään. Kiitos, melkein puoli tuntia etuajassa. Uskomatonta. Viime sunnuntaina epäröin, kerroin Stuttgartissa Monicalle "turkkilaisesta valajasta", pohdin, lähdenkö Vuorelle yksin. Kerroin Blow-Up-discosta, me kerromme aina toisillemme kaiken. Tiesin paljon kundeista jo kymmenvuotiaana, Monica oli silloin kuusitoista, opetti:

– Katsot silmiin, näet, onko kyseessä kelmi, kavaljeeri vai ritari, jos on ritari, niin älä päästä karkuun.

Monica oli aikoinaan uimahyppääjä, mutsi pakotti, sä tiedät, että uimahyppääjillä on kaunis vartalo. Jollain nuorten maajoukkueleirillä Monica tapasi Nicolasin, ritari sanoi:

– Mitä järkeä on tippua jatkuvasti pää edellä veteen? Ruvetaan tekemään jotain muuta. Mennään naimisiin, tehdään lapsia. Monica löysi ritarin. Arvaatko, mitä Monica sanoi mahdollisesta, turkkilaisesta kiipeilykumppanista?

– En, vastasi poika, oletti, että isosisko oli varoitellut.

– Monica oli huolissaan sinusta:

– Poika-parka, ei se pärjää sun kanssa. Sä oot vielä omapäisempi ja kovempi määräilemään kuin minä. Kiitos mutsille, narsistille, oli pakko pitää oma pää, mutsi höpisi: "Ammerin tytöt tuntevat etiketin." Kaikki mun kaverit, isot tytöt, piti sua koirana: "Gisse ja Rudolf". Rudolf opetti sinua, eno väitti joskus, että eläin on paljon viisaampi kuin ihminen, tekee oikeita päätöksiä, ymmärsin jälkeenpäin, mitä eno tarkoitti. Harmi, että meillä oli lapsina niin suuri ikäero. Nyt sitä ei edes huomaa.

Tyttö nauroi, piti edelleen toista ranteesta kiinni:

– Pärjätään. Katso ylös. Tajuatko, miten pieniä me olemme?

– Kirppuja.

– Kun noustaan, niin Herra Kirppu ottaa repustaan neljä vesipulloa. Ne jätetään puun juurelle paluumatkaa varten.

Juotiin hitaasti vettä. Tyttö ohjeisti:

– Enää kolme minuuttia. Hiki ei saa kuivua. Seuraava tankkaus jyrkännepolun jälkeen, polku aiheuttaa ylimääräistä hikoilua. Koko ajan kirkastuu...

Tyttö nousi pystyyn, veti pojan kädestä ylös.

– Reput selkään. Matka jatkuu. Paluumatkasta tulee jännittävä ja hankala, pitää jarruttaa koko ajan. Otsalamppujen valossa Vuori elää, varjot liikkuvat, kommunikoivat risahduksilla ja rasahduksilla. Äänet varoittavat:

– Varo sitä, varo tätä, älä varomatta jätä! Ihmisen mielikuvitus keksii äänille selityksiä, mieli oppii käsittelemään äänien ja varjojen synnyttämän pelon. Kuviteltu uhka hahmottuu oikeisiin mittasuhteisiin, kun harkinta kasvaa. Vuori tekee omat ilta-askareensa ennen kuin käy yöpuulle, sammuttaa lopuksi valot, opettaa eno.

Matka jatkui. Metsä harveni, puut pienenivät. Sinertyvä, kaunis taivas ja lisääntyvä valo tervehtivät kahta samoojaa. Saavuttiin puuttomalle, äkkijyrkälle rinteelle. Poika näki jyrkännepolun, kiemurtelevan, poukkoilevan, loivasti ylöspäin nousevan väylän, luonnon ja osin ihmiskäden muovaamat, epäsäännölliset portaat.

Poikaa hymyilytti, pelottavat ennakkomielikuvat katosivat. Poika oli lapsena kiivennyt oikeaa jyrkännepolkua ja pelästynyt. Hymyilevä samooja katsoi vasemmalle, alas, näki vapaan pudotuksen, hymy säilyi pojan kasvoilla. Kaukana alhaalla ei erottunut uhkaavaa, kallionseinämien varjojen tummentamaa vettä, kuten Julmalla Ölkyllä, vaan rauhoittavaa vihreyttä, missä erottui suonia, teitä, pisteet, autot, liikkuivat hitaasti pitkin suonia.

Kymmenvuotiaan pojan silmissä oli siintänyt Valion suklaatuutti, kun poika johdatti enonsa Julmalle Ölkylle, valitsi kahdesta vaikeasta reitistä vaikeamman, nopeamman, sen, mistä eno oli varoitellut, ja ryhtyi kapuamaan kanjonin jyrkän seinämän lohkeamapolkua, helppoa alkuosuutta. Kilometrin matka erotti kapuajan siltakiskasta, turistirysästä ja tuutista, joten poika kiipesi nopeasti, Antti-eno vihelteli selän takana. Lohkeamapolku muuttui kalliokuruksi ja lopuksi kapeaksi jyrkännepoluksi, ulokkeeksi, joka kapeni... Poika vilkaisi alas, näki pitkän kanjonijärven tumman, uhkaavan vedenpinnan. Pelko iski, ei lamauttanut, mutta syöpyi aivojen syövereihin.

Istuttiin herroiksi siltakiskalla, kuten eno tapasi sanoa, juotiin limua ja nuoltiin tuutteja.

– Pelottiko jyrkännepolulla, kysyi eno?

– Ei, valehteli poika.

Pojan vaatimuksesta Äiti kapusi edellä jyrkännepolkua. Poika vihelteli tytön takana Antti-enona.

Tyttö huusi tuulen vuoksi:

– Ei kannata vihellellä, kun ei osaa!

8.

Satumökki.

Neliskanttinen, kaksikerroksinen, harjakattoinen torni, sivun pituus korkeintaan seitsemän metriä. Erikoinen rakennus jökötti ylpeänä ja uhmakkaana puolisuunnikkaan muotoisen, laajan kalliokielekkeen reunalla. Tornin ensimmäisen, melko korkean kerroksen seinät oli sommiteltu taiteellisesti jykevistä, yhteenmuuratuista lohkareista monimutkaiseksi palapeliksi. Toinen kerros oli rakennettu paksuista hirsistä, ja jyrkkä harjakatto teki siitäkin kerroksesta korkean, suuri parveke kurotti tyhjän päälle.

Hengästynyt ja hämmästynyt katselija seisoi kielekkeen leveässä, vuoren puoleisessa päässä kahareisin ryhtyessään seuraavaksi ihmettelemään jalkojensa välitse solisevaa puroa, jonka vesi kimalteli kristallina, purolla oli tehtävä, se täytti tornin edessä kauniisti hohtavan satulammen, jatkoi tornin sivuitse kohti kielekkeen reunaa ja katosi. Poika katsoi taakseen ylöspäin, näki valkoisen lumihuipun. Puro sai alkunsa rinteen halkeamasta, ikään kuin puro olisi syöksynyt alkumatkan vuoren sisältä putouksena, joka nauroi, ilkkui:

– Et uskonut.

Viimeiset viisikymmentä metriä poika oli kiivennyt niin nopeasti kuin ikinä jaksoi, kuultuaan veden solinan, uteliaisuus pisti jaksamaan. Poika epäili satutädin satuja:

– Ei hullukaan rakentaisi kuin korkeintaan nuotiopaikan kuuhun, päätteli poika nähtyään yhä karummaksi muuttuvan maiseman, kun tyttö kuvaili samanaikaisesti puhkiessaan pojan selän takana satumökin kolmea jykevää takkaa. Hetken kuluttua tyttö oli huutanut:

– Perillä! Kuuntele! Vuori toivottaa tervetulleeksi veden solinalla! Saa pulahtaa satulampeen, saa nauttia Vuoren vieraanvaraisuudesta!

Poika oli startannut, pannut kaiken peliin, ei uskonut.

Esittelykierros.

Ylpeä esittelijä säteili. Poika näki silmissään tornin pitkän, historiallisen kehityskaaren viimeisimmän päätösvaltaisen työryhmän: Vuori, eno, isä, Rudolf ja minä.

Ulko-ovessa oli säppi, ei lukkoa.

Ensimmäinen kerros. Siisti ruokailutila, tukeva pöytä ja jakkarat, kaappeja, iso takka.

Toinen kerros. Kerrossänkyjä, korkeita kirjahyllyjä, iso pehmustettu kori, Rudolfin makuupaikka ja tietenkin mahtava takka.

Suuri parveketerassi. Leveä ulkotakka arinoineen ja käännettävine ritilöineen. Tiskipöytä, sen päällä vesisäiliö. Hirsipöytä penkkeineen ja rahit, jotka reunustivat parvekkeen kahta sivukaidetta. Uskomaton panoraama-maisema, oltiin korkealla, katseltiin alaviistoon, esittelijä sanoi:

– Tavoite. Täyttä elämää. Tulos. Baabelin torni. Siteerasin enoa. Siis kymmenen tuntia Baabelin tornia. Ensin kylmään kylpyyn. Uskallatko?

– Uskallan.

Äänistä päätellen kaksi tervettä lasta polskutteli lammessa. Vuorikin osallistui kaikuna rajattomalta vaikuttavaan riemuun.

Alastomat lapset juoksivat kilpaa lammen ympäri, tyttö edellä, lapset loikkasivat vähän väliä puron yli. Isoja lapsia, jo kaukaa saattaisi erottaa kumpi oli tyttö, kumpi poika. Tyttö huusi:

– Ei pyyhkeitä, ei pyykkiä! Mitä nopeammin juoksee, sen pikemmin kuivuu!

– Teoriaa. Liikenopeus ei riitä, pitäisi syntyä kitkaa. Näillä nopeuksilla syntyy korkeintaan hikeä. Hypätäänkö uudestaan lampeen? kysyi poika.

Tyttö pysähtyi, kääntyi. Poika törmäsi tyttöön, joka suuteli poikaa, vastasi:

– En uskalla enää.

Penkillä, tornin edessä, istuvat lapset penkoivat repuistaan puhtaita alusvaatteita, pukeutuivat, muuttuivat melkein aikuisiksi. Tyttö neuvoi poikaa:

– Vasemman jalan sukka laitetaan vasempaan jalkaan.

– Kiitos.

Poika täytti vuoren rinnettä alas syöksyvästä putouksesta ämpärit, kantoi ne parvekkeelle, tyhjensi vesisäiliöön. Äiti hääräili askareissaan, suurelle hirsipöydälle oli ilmestynyt lyhyessä ajassa paljon erilaista keittiö- ja kattaustavaraa. Tyttö jakoi auliisti ohjeita, määräili:

– Vielä kaksi kertaa, sitten pilkot mökin sivuvajassa halot. Kantotelineet roikkuvat vajan sisäseinällä. Lähimmäs takaseinää kasatut pölkyt ovat kuivimpia.

Tammipölkkyjä kirveellä pilkkova poika nautti, mietti, että ihmisen kokema elämä riippui pitkälti olosuhteista.

– Aina, jos sää sallii, niin syödään parvekkeella, nauretaan, jos ei salli, niin ruokaillaan alakerrassa ja jokainen mököttää.

Puunhakkaajan mieli lensi hetkeksi Saksan Alpeilta Kuusamoon ja Konnevedelle, mieli vertaili, etsi eroja, löysi vain maiseman ja tytön, muuten sama tunnelma, samat askareet, kuitenkin...

Tytön reppu osoittautui pohjattomaksi. Syötäisiin myöhästynyt lounas ja illallinen. Levättäisiin ennen paluumatkaa.

– Törsäsin, sanoi tyttö purkaessaan reppuaan.

Parsaa, varhaisperunaa, salaattitarpeet, graavisuolattua lohta, lampaankyljyksiä "juuri sopivasti marinoituneina", juustoja, myös köntti sitä rasvaista emmentalia, pojan suosikkia, käsintehtyjä, reutlingenilaisia bratwursteja, Frankfurtin makkaraa, erilaisia sämpylöitä... Liikenevät sämpylät jätettäisiin ystäville, vuoren vakituisille asukkaille. Pullo amerikkalaista chateau-viiniä, enon lahjoittama. Tyttö vilkaisi ylös vuorelle, punaviinipullo tippui tytön kädestä hirsipöydälle, kaatui. Tyttö puhui kuiskaamalla:

– Voi Pyhä Maria. Eno oli oikeassa. Se tulee nykyisin noin seitsemän kuukauden välein. Se tulee tänään, kohta. Iso vuoripukki odottaa jo ylhäällä, kohtaamiskielekkeellä. Hae äkkiä alakerrasta, ulko-oven viereisestä kaapista kaukoputki. Mene.

Poika lähti, vilkaisi samalla ylöspäin, lähinnä vuoren huippua sijaitsevaa kielekettä, erotti juuri ja juuri kielekkeellä seisovan pukin harpatessaan sisälle taloon kysyessään:

– Mikä "se"?
– Ei kukaan tiedä.

Hirsipöydällä jalustallaan seisova kaukoputki oli kohdennettu ja tarkennettu lumihuipun ylimmälle kielekkeelle, vuoripukkiin. Tytön hermostuneisuus tarttui poikaan, joka tuijotti putken läpi käyräsarvista "Mahtailijaa". Tyttö istui pojan vieressä, kuiskaili:

– Lentää vuoripukin nenän editse, sanoo luultavasti pukille jotain. Esitys kestää sekunnin. Minä olen kerran aikaisemmin nähnyt kohtaamisen. Ensimmäisen havainnon teki enon isoisä, eno on nähnyt neljä kertaa kohtaamisen. Se on isompi kuin pukki. Se tulee alametsästä, ehkä Vuoren Kuninkaan luota, kiertää esiin vuoren takaa. Odotat, kuuntelet, tuuli yltyy alhaalla myrskyksi, silloin se tulee. Pukki tietää tapaamisesta etukäteen, osaa odottaa, Mahtailija ei koskaan muulloin seiso sillä kielekkeellä. Esitys loppuu nopeasti, ei ehdi kunnolla alkaa, vain yksi rääkäisy. Kohtaamisen jälkeen se katoaa hetkessä taivaan sineen, jos on pilvistä, niin pilvet väistävät, myrsky loppuu...

Hermostunut poika katsoi putken läpi vuoripukkia, se oli huomattavasti isompi kuin telkkarissa Avara Luonto -ohjelmissa esiintyneet lajitoverit. Pukin pujoparta väpätti, leuat liikkuivat, joko pukki äänteli tai märehti. Pienen hetken poika mietti, että Satutäti oli sepittänyt tarinan, luopui ajatuksesta, koska Täti rummutti sormenpäillään hermostuneesti pöydän pintaa.

– Se on siis lintu, lentää? kuiskasi poika.

– Ehkä. Mikä on lintu? Henkiolennotkin lentää? Ehkä ensimmäinen lintu, alkulintu, ei liskolintu, syntyi ehkä

ennen dinosauruksia. Eno sanoo, että se syntyi ennen
ihmisen käsittämää maailmankaikkeutta. Eno tuntee
amerikkalaisen professorin, joka uskoo, että ikivanha,
antropoliginen mytologia herää henkiin. Alkuräjähdyk-
sen jälkeen ensimmäisenä elävänä olentona siniselle pla-
neetalle laskeutui alkulintu, joka kantoi nokassaan elä-
vää, pientä kiveä.
   – Et kai sä usko eläviin kiviin?
   – En, vaan enoon.
   – Uskot siis eläviin kiviin?
   – Vastasin jo...
   – Siis uskot?
   – Jäkätijäk. Itse uskot oman enosi satuihin. Kismit-
tääkö Pekkaa vieläkin, kun lausuin autossa rehellisen,
suoran mielipiteeni? Voihan hellanlettas. Keksi itse pa-
rempi selitys, kohta näet sen. Se on ruma, läpikäynyt kai
helvetit... kerrataan: eno ja tiedemies uskovat, että sä-
röääni, alkulintu ja kivi liittyvät toisiinsa sekä Big Ban-
giin. Kerrataan: minä uskon enoon, eno tiedemieheen,
Herra Kirppu uskoo itseensä. Anteeksi, kohta näet itse.
Se näyttää lentävän hitaasti, koko hämää, koska se on
mielettömän nopea ja iso. Kuuntele, alametsässä nousee
myrsky... kuulet tänne asti, kun Vuoren Kuninkaan mil-
joonat lehdet havisevat.
   Poika kuuli, kylmät väreet kulkivat selässä, parvekkee-
seen iski tuulenpuuska. Poika näki sen putken läpi, se
lensi kohti pukkia. Valtava, sulkasadon runtelema lintu.
Lintu avasi julman koukkunokkansa, rääkäisi pukille.
Lintu tai ”Se” pieneni nopeasti pisteeksi kohotessaan,
suuntasi kohti pohjoista.

Myrsky loppui. Aurinko paistoi. Pukki poistui kielekkeeltä. Vuorella vallitsi tyyni rauha. Poika oli äimänä.

Tyttö kysyi vaisulla äänellä:

– Herra Kirpun selitys?

– Taikuutta. Lentävä hologrammi? Copperfield soveltaa katvetta, poistaa, ei lisää. En tiedä. Miksi pukki ei pelännyt?

– Älä multa kysy. Minähän uskon enon satuja, esimerkiksi: "Olipa kerran kaksi avaruutta, Valoisa Avaruus ja Pimeä Avaruus, kaksi äärettömyyttä, joista toinen halusi olla suurempi kuin toinen?" Kysymys lienee ahneudesta, tai tässä tapauksessa ahneiden liturgiasta, millä ahneus peitetään tarkoituksellisesti. Se pieni kivi tuntee ahneiden strategian ja tietää seuraukset, niin eräs amerikkalainen tiedemies satuilee, väittää, että avaruudesta sinkoava, vaimea säröääni on "Herätyskello". Satutunti loppuu nyt. Asia on meidän osaltamme loppuunkäsitelty. Äiti jatkaa kokkaamista. Pekka istuu kiltisti ja odottaa, kohentele vaikka hiillosta.

Poika istui ulkotakan edessä, kohenteli hiillosta katseellaan, mietti, palasi mielessään Otaniemeen, erikoiseen tapaukseen kahdeksan kuukautta aikaisemmin.

8.1

Espoo. Otaniemi.

Poika seisoi Teknillisen korkeakoulun, teknillisen fysiikan osaston ilmoitustaulun edessä. Poika oli päässyt Polille, haluamalleen opintosuunnalle, läpäissyt kaksi viikkoa kestäneet pääsykokeet. Nastoilla kiinnitetyt tiedotteet avartaisivat ensimmäisen vuosikurssin opiskelijan näkemystä monipuolisesta tarjonnasta.

Kookas, uusi ilmoitus vaikutti mielenkiintoiselta. "Harvardin yliopisto sponsoroi fysiikan osastoa laitehankinnoissa. Sponsori järjestää testauksen synteettisen säröäänen koodauksesta." Testin oikein ratkaisseille luvattiin viisisataa dollaria kullekin. Testi pidettäisiin seuraavalla viikolla auditoriumissa. Poika kirjoitti ilmoittautumislistaan nimensä, varattu tila rupesi loppumaan. Aina kannatti yrittää...

Testi.

Kaksi amerikkalaista, nuorehkoa fyysikkoa selitti kognitiivisen testin säännöt ja tavoitteen. Elvis Presleyn klassikkoon, «Love me tender, love me sweet» oli lisätty lähes huomaamaton muuntuva säröääni. Introssa, biisin ensimmäisessä jaksossa, löytyisi säröäänen koodi, joka korreloi sanoituksen kanssa. Biisin edetessä piti avata koodin avulla uusi, jatkuvasti toistuva säröäänisanoma: "Yksinkertainen, arkinen toteamus". Ratkaisu kirjoitettaisiin paperilapulle, joka tuotaisiin kateederille. Palaute annettaisiin välittömästi.

Auditoriumissa istui noin kolmekymmentä teknillisen fysiikan opiskelijaa eri vuosikursseilta, jokaisella oli kynä ja paperilappu, jokainen ymmärsi rahan päälle.

Alvar Aallon suunnittelema akustiikka korosti Kuninkaan ääntä. Yksinkertainen kitarasäestys loi pojan mieleen klipin Elviksen elokuvasta, iltanuotiosta, homma oli karata heti alkuun käsistä. Poika palautti ensimmäisenä lapun. Koodi oli avautunut helposti, samoin sanoma: "A Florist sneezes twice".

Maailmanlaajuisesti vain neljä opiskelijaa oli osannut avata säröäänisanoman koodin, jokaiseen testiin muutettiin sanoma, yksi USA:sta, kaksi Aasiasta, nyt yksi Euroopasta, niin innostuneet amerikkalaiset fyysikot kuiskasivat pojalle kateederilla. Palkintosekin poika saisi seuraavana päivänä professori Gripenbergiltä.

Ollin kanssa juhlistettiin palkintoa Tartarissa. Se oli edullinen, opiskelijoiden ja muiden pienituloisten suosima ruokaravintola Helsingin Eerikinkadulla. Tunnettu suurista annoksistaan. Poika tarjosi sipulipihvit, Ollille tuplana. Porin Karhua, keppanaa, avoimeen piikkiin. Jälkiruuaksi kahvit ja kampaviinerit, Ollille kaksi.

Iso poika oli kehunut kaveriaan:

– Mäntti. Kato, mä oon aina sanonut, että sä oot säröpäiden ykkönen.

Poika oli ollut otettu. Oikeustieteilijän arvohierarkiassa "Mäntti" tarkoitti ajattelevaa ihmistä, kunnianimi, joka salli mokat. "Maakari" taas tarkoitti ihmistä, joka puursi ansaitakseen elantonsa rehellisesti. Alun perin "Lankkipoikakin" kuului maakareihin, Assan "kaskas-poikiin". Uuden sukupolven valemaakarit, bulvaanit, "Lankkipojat", äänitorvet, kuuluivat Ollin alimpaan kastiin: "Suhdannepoikiin", jotka kiillottivat, koska bulvaaneilta puuttui oma tahto.

Palataan Saksan Apeille, yhdelle sen vuorista.

Parveketerassin suuressa ulkotakassa kyti optimaalinen hiillos, harmaa tuhkakerros suojasi hiilloksen hehkua. Perunakattila porisi tunnelmallisesti takan alaritilällä.

Poika seurasi äidin puuhailua. Äiti työskenteli tauotta, kuori, silppusi, siirsi aikaansaannoksiaan loogisesti paikasta "A" paikkaan "B" tai "C". Äiti oli samantyyppinen ihminen kuin iso poika, päämäärätietoinen yksilö, joka ei lannistuisi. Poika itse oli antanut periksi. Kukaan ei koskaan pystyisi avaamaan avaruudesta sinkoavan, hennon säröäänen koodia, avainta, vihje puuttui, todennäköisyys vihjeen löytymisestä väheni samaa vauhtia kuin suhteellinen aika, ensinnäkin aikaa joko oli tai ei ollut, toiseksi, jos oli, niin aika ei riittäisi...

Palkintosekin poika oli vastaanottanut professori Gripenbergiltä, päässyt mukaan kansainväliseen säröäänityöryhmään lähinnä kotimaassa toimivaksi juoksupojaksi, duunista maksettiin pientä palkkiota, tervetullutta ekstraa. Poistuessaan proffan huoneesta poika vilkaisi sivupöydällä lojuvaa piirustusta: "Kaksi vihreää viinirypälettä, toisesta oli puraistu pieni pala." Suuri kysymysmerkki koristi paperia.

Hiillosta tuijottava poika säpsähti, uusi ajatus tunki väkisin esiin pääkopassa: Jos "viinirypäleet" olivatkin kiviä? Puraisujälki toisessa kivessä ei näyttänyt lainkaan puraisujäljeltä, vaan leikkuupinnalta. Voimakas, ultranopea prässi tai Laserleikkuri? Vuoripukki ei pelännyt alkulintua, eikä tyttö, joka tiesi enemmän kuin kertoi. Tytön temperamentilla varustettu ihminen riehuisi, jos ystävää uhkaisi vaara, ei jäisi kiveä kiven päälle riippumatta siitä, olisiko ystävä ihminen, kani, koira tai pukki. Tyttö oli raahannut kuutisen tuntia repussaan ylös vuorelle pussikaupalla sämpylöitä ystävilleen, "Mahtailijoille". Mitä tyttö tiesi? Testataan, päätti poika, keksi sopivan avauksen:

– Kannattaisi kysyä ornitologeilta alkulinnusta...

Tyttö suuttui, heilutti uhkaavasti veistä kädessään.

– Asia on loppuunkäsitelty. Yritä ymmärtää, että sadat röyhkeät lintubongarit saapuisivat helikoptereilla vuorelle, mikä muuttuisi kaatopaikaksi. Rikkaat tyhjäntoimittajat turhautuisivat pelkkään odotteluun, sotkisivat vuoren, ampuisivat ajankuluksi vuoripukit...

Suuttunut satutäti laittoi reilusti överiksi. Poika totesi nauruaan pidätellen:

– Nenä kasvaa, korvat heiluu.

– Itselläsi kasvaa ja heiluu!

Satutäti istuutui pojan viereen penkille.

– Voi Pyhä Maria. Kukaan ei tiedä. Eno ei tiedä. Amerikkalainen proffa ei tiedä. Kumpikin olettaa, että alkulintu ja pieni kivi pelkäävät ahneita. Eno lukee usein paksuja monistepinkkoja, mutisee välillä huomaamattaan ääneen. Lainaan enoa: "Rahan arvo sidotaan nykyisin muodikkaasti immateriaan, uusi käsite hämärretään. Ahneus ja oveluus kulkevat käsikynkkää. Materia muuttuu immateriaksi hokkus-pokkus-tempulla johdannaisella. Materialle määritelty vakuusarvo siirtyy johdannaiskaupoilla pohjattomaan taskuun, materiasta jää jäljelle arvoton paperi. Voitto maksimoidaan finanssitavaratalo-periaatteella myymällä arvottomalle johdannaiselle vakuutuksia, vaikka loppupeleissä on samantekevää, suojaako vai eikö suojaa. Sitouttaminen kuuluu avainsanoihin. Immaterialla ostetaan uskollisuutta, narsistisesti häiriintyneitä ihmisiä nostetaan näennäisvaltaan. Bulvaanit, äänitorvet, kostavat mielellään oman pätemättömyytensä päteville, tavallisille ihmisille. Bulvaanit artikuloivat nautinnollisesti ulkoa oppimaansa liturgiaa, tyhjiä sanoja. Siinä kaikki, mitä muistan. Ai niin, peliä pelataan avainsanoilla 'kasvottomat markkinavoimat ja pankkisalaisuus'."

Satutäti huokasi. Poika oli kuunnellut, vaistonnut yhden asian:

– Iso poika ja tyttö pelkäsivät ahneita suunnilleen samalla tavalla kuin iso alkulintu ja pieni kivi. Ja jostain käsittämättömästä syystä pieni, tuntematon kivi sai hetkeksi Gisele Ammerin kauniit, päättäväiset kasvot.

Tyttö nousi, nosti pöydälle kaatuneen punaviinipullon pystyyn, sanoi hellällä äänellä:

– Paatosta. Pekka-poika. Avaisitko viinipullon? Juhlitaan. Leikitään, että meillä on pullo punaista samppanjaa. Avaaja löytyy alakerran sivupöydän ylimmästä vetolaatikosta. Vie samalla kaukoputki takaisin. Kohta syödään. Äiti ryhtyy kattamaan.

Poika harppoi alas portaita, kuuli tytön laulavan euroviisubiisiä "Ein bisschen Frieden, ein bisschen Liebe..." Tyttö lauloi kauniisti, tyttö oli taitava. Poika palasi, kuunteli tytön laulua, näki bratwurstit takkaritilällä, tuoksu leijaili nenään, poika hyräili mukana:

– Ein bisschen nälkä...

8.2

Vuorella hämärtyi.

Parvekkeen siihen rahiin, joka sijaitsi lähempänä ulkotakan lämmintä muuria, siihen rahiin poika oli rakentanut huovista ja tyynyistä pesän. Tytön pää pilkisti esiin pojan kainalosta, syvälle vedetty pipo peitti tytön kulmakarvat, sotilasta ei ollut näkynyt aikoihin, oli vain tyttö, poika ja vuori...

Myöhäisen lounaan jälkeen oli kierrelty lähirinteillä. Tyttö tunsi melkein jokaisen kiven ja lohkareen, niiden tarinat: "Mistä kukin oli tulossa. Minne menossa?"

– Juuri tässä kohtasin Rudolfin kanssa ensimmäistä kertaa ison vuoripukin. Mahtailija astui esiin lohkareiden takaa, laski päänsä tanaan, puhisi, esitteli komeita, käyriä sarviaan, kuopi sorkallaan maata. Tuijotettiin silmiin. Selässäni oli ensimmäinen reppuni, Erika-tädin ompelema, siihen oli kauniisti kirjailtu "Gisse", reppu sisälsi mehupullon ja muutaman porkkanasämpylän. Pukki kuopi hermostuneena sorkallaan maata, katsoin Rudolfia, joka selitti silmillään:

– Pukki haluaa maistaa sämpylää. Yhteinen sämpyläateria sinetöi ystävyyden. Kiitos kuuluu tietysti Erika-tädille, sämpylämestarille.

Poika kysyi:

– Miten teidät uskallettiin päästää kaksistaan rinteille?

– Kaikki luottivat Rudolfin älykkyyteen. Muistan, kun eno sanoi:

– Viimeinen susi tapettiin keisariaikaan, legendan mukaan keisari ampui suden. Vuori opettaa. Vuorikauriit elävät sosiaalista elämää, edustavat selviytymistaitojen huippua.

Kiivettiin jonkin matkaa, löydettiin melkein kuutiomainen, isohko kivi, tyttö ilahtui:

– Vuoren lahja. Kerron huomenna enolle paikan. Aikoinaan kävin usein vuorella, päästiin myöhään perjantaina perille, lauantai tehtiin töitä, sunnuntaina palattiin. Aina on meneillään joku Baabelin tornin projekti, nyt rakennetaan kielekkeelle suojamuuria. Eno vuokraa helikopterin, kun sopivia rakennuskiviä löytyy riittävästi.

Retken lopuksi poika näki ihmeen, kielekkeeltä tyhjyyteen syöksyvän leveän putouksen, joka muutti puron kristalliveden lukemattomiksi, pieniksi, tuikkiviksi tähdiksi veden loputtomalla matkalla maan ja taivaan väliä. Tytölle näkyyn liittyi ristiriita, ihminen versus luonto:

– Vesi ei enää nykyisin puhdistu yhtä täydellisesti taivaassa kuin ennen. Vuoren yli kulkee lentokäytävä. Pelkästään Frankfurtin lentokentälle matkaavien jumbojettien kerosiinipäästöt riittävät turmelemaan luonnon suurella vaivalla kehittämän ja rakentaman puhdistusjärjestelmän...

Oli syöty tuhti illallinen ja kummankin samoojan kone tilttasi, väsymys astui parvekkeen ovesta sisään koputeltuaan ensin.

Rahilla jaksettiin keskustella säästeliäästi. Arka aihe, seuraava viikko, latisti tunnelmaa. Yhteinen taival päättyisi torstaina Markwasenin bussipysäkillä, kello kahdeksantoista, lyhyeen erosuudelmaan. Hiljaisuuden rikkoi vain takan elämä, mikä päättyisi viimeiseen kipinään. Kumpikaan ei nukkunut.

– Pitäisi sanoa jotain järkevää, ollaan henkisesti lähempänä kuin aikaisemmin, tuumi poika, joka oli vähällä sanoa sen tärkeimmän asian, ei sanonutkaan, vaan jatkoi miettimistä.

Poika oli rakastunut ensimmäisellä silmäyksellä "Salkkua kantavaan tyttöön", kun tyttö ilmestyi suoraan taivaasta ihmeenä tehtaan pihalle. Pojan mielikuvitus oli pettänyt silloin pahasti, eihän poika voinut tietää, että "Urheileva talousnero" hallitsi myös opettajilta ja äideiltä vaadittavat huippuominaisuudet. Poika kääntyi kohti tyttöä, kuiskasi:

– Forza, sanoo italialainen. Tätä iltaa ja yötä, eikä kolmea iltaa ensi viikolla, niitä ei tuhlata. Ei ryhdytä itkupilleiksi...

– Ei. Ensi viikolla juhlitaan. Tiedän Münchenissä monta klubia, tähän asti olen välttänyt paikkoja. Pannaan yhdessä ranttaliksi.

Poika nauroi, synkkyys katosi, lähitulevaisuus välkkyi silmissä:

– Hyvästi selvä päivä. Lähes tarkalleen viikko sitten törmättiin discossa, kerroit meneväsi syyskuussa kihloihin. Unohdin tavat, unohdin onnitella. Onnea tulevaan! Olisi kliffaa tietää, ketä toista onnittelee?

– Täh?

– Kyllä sä kuulit.

– Kiitos onnitteluista. Olet oikeassa, mieluummin suoraa puhetta kuin kaartelua. Vastaan kohta kysymykseen, ensin pari tärkeää asiaa. Ensinnäkin suurkiitos kuluneesta viikosta, uskomattoman kaunis viikko. Luulin opettavani, muutuin oppilaaksi, meillä riittää voimaa, kumpikin kestää surutyön. Toivoisin, että torstaina vaihtaisimme postikortit, jokin maisemakortti, mikä tahansa kelpaa, toivoisin, että piirtäisit korttiin sydämen, ei kirjoitusta, ei mitään muuta. Pelkästään sydän. Minä annan sinulle oman korttini, sydämen.

Tyttö huokaili, puristi poikaa kädestä.

Pojan kurkkuun nousi pala... Juuri, kun poika aikoi kertoa tytölle sen tärkeimmän asian, niin toinen ehti ensin, sanoi:

– Muista silmät. Löydät. Tulevalla miehelläni on sattumalta samanlaiset silmät kuin sinulla, sellaiset lapselliset. Kun nousen perjantaina Münchenin lentoasemalla New Yorkin aamukoneeseen, niin alkaa tuleva, menneisyys säilyy kauniina muistoina, ohjaa eteenpäin. Minä ylitän rajan, ei se sen kummempaa ole. Martin on vastassa, alkaa vaikea projekti, rakennetaan elämää.

Poika toisti mielessään kateellisena:

– "Ei se sen kummempaa ole?" Tyttö puristi hetken lujaa kädestä, jatkoi:

– Forza! Muista silmät! Hassu sattuma, että tuleva miehenikin luulee olevansa joku matemaattisesti lahjakas nero, aivan pöhkö luulo. Martinilla on hieman pysty, hassunkurinen nenä, vaalea, lyhyt tukka, ei partaa ja sekin luulee olevansa komea, aivan pöhköä.

Poika kuunteli, miten maailma muuttui pöhköksi.

Tyttö nukahti kesken lauseen.

Poika kadehti "Pystynokkaa" monesta syystä. Tytön enon, amerikkalaisen professorin ja Martinin mielikuvituksellinen suunnitelma rahastaa "Ahneita" mokaamalla läheni pojan omia, henkisiä, rajattomia resurs-

seja, koska Pystynokka saattoi oikaista syntyperästään
johtuen.

– Pelimiehen suunnitelma, myönsi poika mielessään,
korjasi heti perään:

– Melkein pelimiehen suunnitelma.

Martin pelaisi meklarina amerikkalaisessa suurpan-
kissa, mikä tytön enon ja jenkkiproffan mukaan ra-
kensi kaikkien aikojen asuntomarkkinakuplaa USA:n
sisämarkkinoilla, markkina kestäisi kuplan, koska USA
velkaantuisi sisäisesti, ulkomaalaiset sössijät jäisivät nuo-
lemaan näppejään. Kupla rakentuisi johdannaismarkki-
nana.

– Aivan pöhköä, sanoi tyttö, joka opiskeli kauppatie-
teitä ja tiesi yllättävän paljon sijoittamisesta, kunnes nu-
kahti.

– Suuri raha vaihtaisi omistajaa, pyramidi romahtaisi,
Hyvät Veljet petaisivat toisilleen uusia, haastavia tehtä-
viä. Pikkunilkit, kuten Martin, saisivat kenkää talletet-
tuaan ensin optionsa sukan varteen Caymansaarten suu-
reen sukkavarastoon.

Poika nukahti, uni armahti.

Vuorikin kävi yöpuulle, sammutti valot.

9.

Yhdeksän vuotta myöhemmin. Haikko.

Muutaman kilometrin päässä kartanon päärakennuksesta kohoaa korkea mäki muodostaen peltojen ja niittyjen ympäröimän laajan metsäsaarekkeen. Ne sukupolvet, jotka aikoinaan torppareina raivasivat tilan viljely- ja laidunmaat, väistivät mäen. Ne ihmiset puursivat päivittäin kahta jaksottaista työtä, kartanon taksvärkkiä ja omaa, vaatimatonta leipäpuutaan, kukin kontrahtinsa mukaisesti. Niille ihmisille ei juolahtanut mieleen kavuta mäelle.

Myöhemmät sukupolvet, uuden ajan torpparit, yhden työn uurastajat, olivat konsultteina ja suunnittelijoina arvioineet mäen käyttöarvon virkistystarkoituksiin, päätyneet pikaisesti tylyyn arvioon: "Liian pieni laskettelurinteeksi. Turha mäki!"

Mäen laella, siirtolohkareella istuva mies ymmärsi tasapainon merkityksen. Ympäristön luoma rauha yllytti kelaamaan kauniita muistoja, ammentamaan niistä voimaa. Saksan Alppien viisas vuori oli opettanut istujaa. Öisellä paluumatkalla vuoren kielekkeeltä samoojat, tyttö ja poika, muuttuivat aikuisemmiksi. Kolme viimeistä, yhteistä iltaa vietettiin Münchenissä ja Augsburgissa, ei klubeilla, vaan enimmäkseen "Meidän puistossa", "Meidän penkillä". Puhuttiin paljon, pidettiin peukkuja Alkulinnulle, Ison Vuoripukin ystävälle, ennakoitiin tulevaa, toivottiin... Muistelija palasi enää harvoin kokemuksiinsa Saksassa. Istujan ei tarvinnut, surutyö oli tehty, tasapaino saavutettu nopeasti, kun muistot korvasivat surun ja jäljelle jäi lämmin, opettajan kokoinen pläntti miehen sydämeen.

– Onnistunut surutyö on tärkeintä, niin opettaja oli opettanut Markwasenin bussipysäkillä sinä torstaina, kun vaihdettiin kortit, suudeltiin ja erottiin. Tytön korttiin piirtämä sydän lepäsi Töölönkadulla, kassakaapin ylimmällä hyllyllä. Se oli kaunis, taitavasti kolmiulotteisena piirretty, pieni sydän, sellainen, joka katsottaessa leijaili irti kartonkialustastaan kohdatakseen toisen sydämen.

Alhaalta metsästä lentää vanha, repalesiipinen varis laiskanoloisesti kohti kivellä istuvaa miestä, lintu kiertää kiven ympäri, raakkuu:

– Kraak... kraak...

– Kraak, tervehtii istuja kohteliaasti.

Istujan oli helppo ymmärtää siinä mielentilassa kiihkottomasti, miksi viisi vuotta myöhemmin koettu suuri rakkaus, Vaaleatukkainen Nainen, aiheutti jatkuvia masennusjaksoja. Mies vältti katastrofin jälkeen ajattelemasta naista etunimellä, koska silloin mies olisi nähnyt mielessään naisen silmät. Mies ymmärsi, että pakoreitti oli hutera, surutyö puuttui, ei löytynyt jälkeäkään surutyöstä. Jo lähtöasetelma heitti kuperkeikan. Ikuiseksi tarkoitettu jatkuvuus katkesi alle vuoden kestäneen suhteen jälkeen arvaamattomasti, epämääräisen puhelinsoittoon:

– Pekka. Älä ota enää yhteyttä. Mitätöin avioerohakemuksen. Eroan Orionista ja Astrasta, en aviomiehestäni. Pyydän, luotan sinuun, älä ota enää yhteyttä.

Kivellä istuja vilkaisi rannekelloaan, janon ja nälän tunne loi virikkeen. Aamulla, Töölönkadulla, mies oli keittänyt kaurapuuroa, lisännyt tuhtiin annokseen reilusti Töölöntorilta ostettua puolukkasurvosta, kyytipojaksi litra täysmaitoa, jälkiruuaksi mies oli kuorinut greipin, nauttinut siivuina.

Istuja laskeutui hitaan arvokkaasti kivialttarilta, haki kenkänsä kirkon eteisestä, kiven takaa. Mies ihaili hetken kokonaisuutta, alttaria ja reunustavien puiden latvoja, ymmärsi tasapainon, suuren palapelin yksi kulma oli valmis...

Ohrapellossa, peurojen avaamalla polulla juokseva mies ei enää palaisi kartanoon, toteuttamiskelpoinen suunnitelma kehittyi juoksijan päässä. Mies juoksisi Villa Haikkoon, saapuisi sinne ennen muita vieraita, valitsisi salin takaosasta kahden hengen, intiimin pöydän, asettaisi toisen tuolin karmille pikkutakkinsa, hakisi ison vesikannun ja kaksi lasia, istuutuisi vastapäätä takkiaan, tarjoaisi takilleen lasin vettä, joisi itse loput kannusta, hakisi lisää vettä.

Kengät käsissään ohrapellossa viilettävä mies muuttuu peuraksi, tekee hevosenloikkaa...

Samanaikaisesti Haikon kartanon ruokasalin taaimmassa pöydässä istuvat kaksi keski-iän ylittänyttä herrasmiestä hymähtävät. Laihempi miehistä oli kertonut tukevammalle:

– Mies, tuotekehitysjohtaja, ja nainen, asiantuntijalääkäri. Vuosisadan rakkaustarina muistetaan edelleen Orion-yhtymässä. Romeo ja Julia erosivat yhtiön palveluksesta samana päivänä. Julia puhelimitse, Romeo henkilökohtaisesti, kuulopuheiden mukaan vähemmän tyylikkäästi. Mustaparrasta löytyy tarvittaessa aimo annos temperamenttia. Väitetään, ettei pari enää sen koommin tavannut toisiaan.

Palataanpa ajassa joitakin tunteja taaksepäin, siirrytään kartanon suureen ruokasaliin.

Buffetin itsepalvelupöydät notkuvat saksalaisten herkkujen painosta, pikkupurtavasta. Esko, tukevahko herrasmies, unohtaa vaimonsa saarnat "vääristä rasvoista" ladatessaan lautaselle pikkunaposteltavaa, lautaselle kertyy tuhti aikamiehen annos, seuraavaksi Esko tutkii pullopatteristoa, huokailee, höpisee ääneen:

– Baijerilaisia vehnänalkio-oluita... Mitäs se tässä, ohoh, tummaa, entisessä Itä-Saksassa, Leipzigissä, pantua vientilaatua.

Tukeva mies valitsee pitkän harkinnan jälkeen kaksi pulloa, avaa ne. Takana odottava Kale tyytyy laihempana yhteen.

Miehet keskittyivät ruokailuun, kunnes nälkä, joka oli pääosin syntynyt herkkujen näkemisestä, hellitti. Esko kysyi:

– Taisit tempaista hihasta suojelukortin. Vitsailetko dekkaristin kustannuksella? Mustaparta istuu paikallaolijoista parhaiten agentin rooliin, leveät hartiat, urheilijatyyppi, osaa puhuttaa vastapuolta ja sormus puuttuu.

– Puhuin totta, ehkä hivenen pyöreästi. Toistan, että kutsun itseäni nuorempia miehiä "pojiksi". Seuraajani on minua nuorempi...

– Seuraaja! Saitko potkut?

– Paperit vetää, dekkaroi siitä.

Tukeva mies pomppasi yllättävän ketterästi tuolistaan pystyyn, kumartui eteenpäin ja takoi toista kämmenillään olkapäihin. Suoritus aiheutti hengenahdistusta. Eskon suusta kuului aluksi pihinää, ja vasta kotvan kuluttua syntyi sanoja:

– Hyvä Kale! Pukkaako bulvaania? ”Tiedottajaa”?

Supon eroava pomo nyökkäsi. Esko istuutui, hymyili tyytyväisenä, jatkoi:

– Ilosanoma. Vaimosi vihjasi vuosi sitten, kun viimeksi tavattiin nelisteen Tapiolassa, olit itse silloin vaihteeksi puhelimessa:

– Pohjoiskorealaiseksi Kale ei suostu, vaan eroaa, jos Supoon yritetään ujuttaa Tiedottajaa, jonka yhteiskunnalliset suhteet ohittavat koulutuksen ja järjen, sanoi Helinä. Nyt juhlitaan! Odota, haen Jägermeisterit.

– Kiitos ei. Hae itsellesi.

Tukeva mies palasi buffetista lasi kummassakin kädessä, selitti:

– Ritvankin puolesta. Tuuraan. Vanhimman poikani kummisetä palaa elävien kirjoihin.

– Meinaatko vetää ilmaiset päiväkännit? Raittiusvalan vannoneet ovat tunnetusti pahimpia, joko ääriraittiita tai äärijuoppoja.

Miehet nauroivat. Pikkupoikina alkanut toveruus oli lujittunut vuosien myötä, vaikka toinen oli tarkka ja harkitseva, toinen suuripiirteinen. Kumpikin mies ihmetteli yhteiskunnallisen vastuun valumista vääjäämättömästi bulvaaneille, taholle, jota käskytettiin demokratian ulkopuolelta.

Esko hytkyi edelleen naurun jälkimaininkeja:

– Kuulin viikolla lohkaisun, joka lausuttiin vakavalla naamalla:

– Jos korporaatio joutuu holhoamaan itseään Holding-yhtiön kautta, niin siitä syntyy kuluja. Kulut tulisi säätää verotuksessa vähennyskelpoisiksi.

– Aika osuva esimerkki laajennetusta nepotismista. Ulkoministeriössä kiertää hokema: "Kysy Eskolta, jos et osaa tai uskalla liittää käsittelemääsi tietoa oikeaan asiakokonaisuuteen." Oletko valistanut porukkaa laajennetusta nepotismista?

– En hemmetissä, joutuisin kortistoon. Itsesuojeluvaisto toimii vielä. Ei Viimeisellä Mohikaanillakaan ollut kavereita, Hyviä Veljiä, koska ukko oli lajissaan viimeinen. Kerropa minulle, miksi Mustapartaa suojellaan. Kysyn dekkaristina, vainuan mielenkiintoisen tarinan.

Kalervo haroi sormillaan mietteliäänä leukaansa, tokaisi:

– Mainitsin säröäänen.

– Tarkenna. Ei kukaan suojele ketään scifi-kaman takia?

– Eikö? Testaanko realistilla? Pidetäänkö satutuokio? Kerronko sen vähän, minkä tiedän tai arvaan? Lopuksi kysyisin:

– Uskotko?

– Ookoo! Asiantuntija kuuntelee. Kertaan kesäisin mökillä salaa Pecos Billiä ja Mustanaamiota. Anna mennä.

– Yleensä tarinan ymmärtämistä helpottaa koko tarinan kuuleminen. Tämä tarina alkaisi maailmankaikkeuden synnystä, siis kaukaa. Eiköhän jätetä väliin? Aika ei riitä.

Jägermeisteriä lipittelevä, tukeva dekkaristi ei antanut periksi:

– Jatkat. Ensimmäinen lause kuulosti lupaavalta. Monta johtolankaa.

– Aloitanko ensimmäisestä miljoonasta?

– Aloita. Otan mukavan asennon. Kysymys kuului: ”Miksi Mustapartaa suojellaan?”

Kalervo huokasi:

– Jäärä. Olkoon. Kuuntele, älä keskeytä. Tapasin Portlandissa, USA:ssa, joitakin vuosia sitten amerikkalaisen tiedemiehen, jokseenkin ikäiseni, ehkä nuorempi, ikää oli vaikea arvioida miehen poikkeavasta hiuskuontalosta johtuen. Hopeisine, runsaine hiuksineen mies näytti leijonalta. Erikoisesta tyypistä huokui voimaa, innostusta ja älyä. Sellaisen ihmisen kanssa keskusteleminen sisältää riskin manipuloitumisesta. Tsekkasin jälkeenpäin CV:n, karismaattista, virallisesti Harvardin yliopiston professoria arvostetaan kansainvälisesti yliopistopiireissä ja yllätys, yllätys, proffa tunnetaan kaikkialla "Leijonana". Tapasin proffan siksi, että Mustaparta, kutsun jatkossa Pekaksi, liittyy säröääni-projektin kautta sekavaan kokonaisuuteen, mikä alkaa Suuresta Pamauksesta ja jatkuu alkuperäiskansojen uskomusten kautta nykypäivään. Yritän kiteyttää pitkän tarinan... tietohan koostuu tarinoista, niistä muodostuu totuus, niin oletan. Historiankirjoitus perustuu hyvin pitkälti voittajien valintoihin totuuksista. Riitatilanne, totuus vastaan toinen, johtaa paranneltuun totuuteen, mistä seuraa selitetty totuus. Esimerkiksi kirkko selittää samaa totuutta: "Elä ihmisiksi", eri tavoilla, riippuu opettajasta, imaami, rippi-isä, rabbi tai pastori paasaa samaa totuutta eri asussa. Alkuperäiskansat, uskonnon tuotekehittelijät, julistettiin pakanoiksi, koska voittajilla oli inhimillinen houkutus monopolisoida totuus, maksimoida voitto...

Esko keskeytti:

– Junnaat paikallasi. Ketä valistat? Ei asulla ole mitään tekemistä?

– Eikö? Kuuntele. Bulvaanin tarina käsittää vain alustuksen, ei tämä. Pakanatarinoissa valo voittaa pimeyden. Liian yksinkertaista markkinoinnin kannalta. Pakana pelkistää liikaa. Joka tapauksessa kasvava, antropologinen koulukunta olettaa, että ensimmäisenä elävänä olentona pimeälle maapallolle saapui pieni, viinirypäleen kokoinen, tasalämpöinen kivi, samanaikaisesti räjähti, musta avaruus muuttui värilliseksi ja rupesi särisemään. Säröääni jäi, jäikö kivi? Reagoiko kivi valona säröääneen? Kysymyksiä. Eräs tiedeyhteisö puoltaa mielestään loogisinta ja simppeleintä vastausta. Kivi sisältää itsessään äärettömän määrän energiaa. Tiedät, mitä tapahtuu, kun gramma massaa muuttuu energiaksi, mutta mitä tapahtuu, jos suhteellisuusteorian kaava kirjoitetaan muotoon, "m" kertaa "c" potenssiin "ääretön"? Silloinhan mitätön massa muuttuisi tasavertaiseksi minkä tahansa massan kanssa. Oikaisen. Kysymys lienee tasa-arvoajattelusta. Tasapainon merkityksestä. Tavoite. Massan pitää hallita sisältämänsä energia, ei välttämättä käyttää sitä. Lopuksi. Polynesialaisen perimätiedon mukaan kiviä on kaksi, paimentolaiset uskovat yhteen. Kaikissa tarinoissa, missä kivi tai kivet esiintyvät, se tai ne muuttavat pimeyden valoksi, aluksi valo loistaa hetken vihreänä ja särisee. Osaatko ynnätä laskun: ääretön plus ääretön?

– Ääretön. Vaikea käsite, toisaalta se tarkoittaa, että ääretön määrä alkuja vastaa ääretöntä määrää loppuja tai päinvastoin. Sanoisinko "filosofinen satu".

– Lyhennelmä, totesi Kale. Esko hymähti:

– Kysyin, miksi suojellaan, vaikka arvasin vastauksen. Rahan takia. Tietääkö Pekka, vai osaako?

– Osaa, hallitsee kaiketi neliulotteisen, matemaattisen ajattelun, joten Pekka saattaisi pystyä ratkaisemaan avaruudesta sinkoavan, hennon säröäänen koodin. Ääni alkaa voimistua. Olettaakseni amerikkalaiset ja jokin muu taho katsoo Pekan perään, pojan itse tietämättä. Ääretön määrä energiaa tarkoittaa ääretöntä määrää rahaa. Professori Kip McBrown, alias Leijona, sanoi minulle lopuksi Portlandissa: "Valo valaisee. Raha sokaisee." Sellainen satu. Uskotko?

– En tietenkään. Legenda vastaan legenda. Hyvä kuitenkin, että kilpailu kiristyy. Absoluuttinen totuus puuttuu. Yhteiskunta perustuu edelleen valitettavasti totuuden kiillottajiin: "Minun totuuteni kiiltää kauniimmin kuin sinun." Et kertonut kaikkea, sensuroitko?

– Ihmisen muisti on rajallinen. Tarinalla on tapana muuttua toistettuna, tarina elää omaa elämäänsä, sanoi Kale.

– Taiteellinen vastaus. Elämme yksinkertaisia aikoja. Bulvaanien puheissa toistuvat aina ja iankaikkisesti samat yksityiskohdat, tavoitteet ja valheet. Jatkuvasti toistettuna valhe muuttuu liturgiaksi. Niin se menee, kuomaseni.

<h1 style="text-align:center">9.2</h1>

Vieraat täyttivät Haikon kartanon laajaa pääsalia pääsääntöisesti rationaalisesti aloittaen buffet'ta lähellä sijaitsevista pöydistä. Monet vieraista harrastivat valikoivaa santsausta, ensin herkkujen testaus, mitä seurasi lautasen harkittu täyttö. Uusia vieraita asteli eteisestä saliin enää harvakseltaan, jokaista tulokasta veti puoleensa buffet. Suurlähettiläs rouvineen oli lähtenyt Villa Haikkoon valmistelemaan kesäjuhlan päätilaisuutta.

Salin takaosassa väiteltiin, sen saattoi päätellä kahden, muista vieraista erillään ruokailleen miehen käsien liikkeistä. Lautaset ja lasit oli tyhjennetty, energiatasot maksimissaan, kumpikin jaksoi heilutella käsiään tehostaessaan sanojaan.

– Hemmetti. Yritä edes ymmärtää, että Hyvän Veljen tunnistaa helpoiten kommunikoinnista. Hyvä Veli kysyy aina ensin: ”Kuka sanoo?” Ei koskaan: ”Mitä sanoo, mitä tarkoittaa?”, ärähteli tukeva väittelijä, Esko heristäen etusormeaan.

– Joo, joo, jos normaali, terve ihminen kysyy: ”Mitä sanoo?”, niin sehän osoittaa tyhmyyttä, ellei tiedä ”kuka sanoo?”, vastasi toinen.

– Takaperin päättelyä. Oli miten oli, niin bulvaani ei kysy mitään, vaan opettelee ulkoa Hyvien Veljien viisaudet ja laittaa vahingon kiertämään, sitä arvovalta nykyisin tarkoittaa.

– Aamen. Palaa vanha kunnon Porthania mieleen, hypoteesi oli pelkkä hypoteesi, jauhelihapihvi vakio, vain kastikkeen väri muuttui joskus. Sinun vuorosi valita aihe, koska hävisit edellisen väittelyn.

– Enkä hävinnyt, tuohtui Esko, purskahti nauruun, kysyi hytkyttyään aikansa:

– Mainitsit aikaisemmin, että Pekka käytti lainarahaa ostaessaan superlaman seurauksia, tuotekehitykseen panostaneita pienyrityksiä, kehitti ja myi Saksaan. Tuntuu utopistiselta ajatukselta, rahan hintaahan nostettiin, jotta likvidi raha pääsisi mässäilemään. Ulkopuolisille korot asetettiin yli viiteentoista prossaan. Välillä meinaa unohtaa, mitä kuutisen vuotta sitten tapahtui. Muu Eurooppa porskutti nousussa, kun ahnein osa Suomen eliitistä järjesti kaikkien aikojen laman isänmaahan kuoriakseen korkopiikillä kerman lopullisesti. Jäljet tulevat näkymään pitkään, itsemurhat lisääntyvät. Likvidi raha ei armahda. Miten Pekka yleensä edes sai lainaa? Poika ei vaikuta bulvaanilta, mieluummin hivenen introvertiltä. Bulvaanithan valitaan ekstroverteistä, esiintymishalu, piilevä pätemättömyyden kauna ja öykkäriominaisuudet palkitaan, tunnen joitakin, täydellinen habitus, täydelliset tiedot gurmeesta, vain sivistys puuttuu.

– Oiva huomio. Suomessa edetään Suomen lakien mukaisesti, eduskunta säätää lait. Käyt äänestämässä. Et maininnut kuoliniskua pienyrityksille, devalvaatiota. Yhteiskunnan käyttövara syntyy viennistä. Meidänkin liksat maksetaan perinteisesti paperilla. Kuolinisku pienille yrityksille tehtiin devalvoimalla valuuttalainat. Toki metsäteollisuus pelastui.

– Niin siinä kävi. Hyvä, Kale. Vihreä kulta päättää. Hallitus siunaa. Millä eväillä Pekka kehitti?

– Riskillä. Aikaisemmin Orionissa poika toimi tuotekehitysjohtajana, ensimmäinen duuni. Orgaanista kemiaa, uusimmat sovellukset, molekyylien manipulointia. Pekka on koulutukseltaan fyysikko, siihen koulutukseen hyväksytään ikäluokastaan ani harva. Loppu on hepreaa, polymeeritekniikkaa, raaka-ainesäästöjä ja ympäristöetuja. Polyolefiineja? Valista, jos tiedät!

– Kestomuoveja. HD-, LD-polyeteeni ja polypropeeni soveltuvat kierrätykseen, sanoo Ritva, joka tietää, kävi Sveitsissä, ihmemaassa. Siellä jätteen lajittelusta on tehty tiedettä. Jätettä on helppo hankkia, mutta siitä eroon pääseminen vaatii sivistystä. Kanttoonien käkikellopojat harkitsevat perinpohjaisesti tehdessään ostopäätöksen, tärkein kriteeri on kohta tuotteen pakkaus, ei tuote.

– Ai jaa, kävin itsekin Genevessä, näin kierrätysluukut, ne on koodattu väreillä. Paikallinen asiantuntija oli huolissaan: "Värit loppuvat ennen kuin jätteet."

– Ritvalla on sama huoli. Yksi kysymys askarruttaa dekkaristia: Miten tiedät Pekasta? Suomessa asuu yli viisi miljoonaa ihmistä.

– Kateuden katalysaattori. Oli tapahtunut virhe, arvokamaa joutui vääriin käsiin. Kautta rantain painostettiin tutkimaan. "Tietyt tahot" vaativat keskittämistä, isänmaan etu vaati painopistemuutosta, muuten kilpailu vääristyisi. Todellisuudessa vain Pekan ostamat yritykset jatkoivat toimintaansa. Tietyt tahot trokasivat heti Euroopan markkinoille kelpaavan konkurssikaman eteenpäin, lama realisoitiin. Oli se aikaa, konnia etsittiin suurella rahalla, mediabulvaanit ryhtyivät salapoliiseiksi...

Tuloaulasta kuului voimistuvaa meteliä. Yksi miesääni kohosi falsettiin, ylitti taustamelun, keskustelijat muuttuivat hämmästyneiksi katselijoiksi.

Joukko ihmisiä tunki sisään saliin, joukon edessä peräntyi hätääntynyt respan tyttö, kesäharjoittelija. Joukkoa johti iso, lihava mies, jolla oli erikoiset kasvot, perinteinen leuka puuttui. Luoja oli korvannut puutteen lukuisilla, kerrostuneilla lisäleuoilla, mitkä tutisivat somasti, kun isokokoinen, suuttunut mies kimitti estoitta:

– Törkeää! Ei nimikoituja pöytiä! Vaimoni vahvisti tulomme ja seurueemme!

Kimittäjän vierellä lyllersi pyylevähkö täti-ihminen, joka herisytti uhkaavasti etusormeaan pelästyneelle tytölle, vihainen nainen kantoi päässään ylväästi valtavaa, vaaleanpunaista lierihattua, sellaista, johon kuninkaalliset ja aateliset naiset pukeutuivat Ascotin vuosittaisissa laukkakisoissa. Nainen kiljui respan tytölle:

– Minä annoin ohjeet mieheni sihteerille pöytäjärjestyksestä...

10.

Haikon kartanon parkkipaikalle pysähtyy vanha Toyota Corolla. Hotelli-ravintola Tornin kymppi, Lörde, saapui.

Ajaja oli sanonut auton ohjekirjan mukaisesti ennen jarrupedaalin painamista "pysähdy", ja Corolla pysähtyi. Viereisessä parkkiruudussa seisoi tilataksi, sen suhari laskeutui alas autostaan savuke kädessään. Tornin toimitusjohtaja tunnisti kuskin, tuttu poika lapsuuden kulmilta, Henkka, Kolmannelta linjalta, asui aikoinaan Oivan talossa, tiesi kaiken ravintolan menestystarinasta.

Henkka kysyi:

– Kyömy. Mitä sä täällä?

– Duunijuttuja.

– Onko toi se Ollin kuuluisa kilpuri?

– On.

– Pidä huolta. Iso poika sanoi mulle: "Kato, sulla on koordinaatiokykyä, sä löydät reiän vaikka pimeessä, puhut skeidaa ja totta suhteessa fifty-fifty. Rupeet taksijobbariksi." Penakin duunaa kartanon keittiössä, soitin, lupasi järkkää safkaa kahvilan puolella. Iso poikahan sanoi Penalle pannaritalkoissa Kivinokassa tasan sata vuotta sitten: "Meet hotelli- ja ravintolakouluun." Mitä Skidi puuhaa nykyään, sehän pääsi Polille?

– Rupesi miljonääriksi, bunkkaa kohta Marjaniemessä. Keitä toit?

– Yhden Vittulan Väinön ja kuoron.

– Kenet?

– Lankisen.

– Kiitti. Poikkee Tornissa, mulla löytyy säännöllistä lentoasemakeikkaa. Sori, tuli kiire.

Tornin toimitusjohtaja lähti harppomaan kohti päärakennusta, muisti Ollin sanoneen:

– Lankinen tarjosi tsupparin pestiä, katsotaan, sanoisi lääkäri, muista, että bulvaanieliittiä käskytetään, oma tahto puuttuu, kengät kiiltää. Kato, joukko väärin koulutettuja koiria, räksyttävät ohjatusti vaiston puuttuessa. Terveen koiran tehtävä on varoittaa laumaa.

Tornin kymppi harppasi sisälle kartanoon, kuuli metelin, ymmärsi sen syyn, suutahti nähdessään tilanteen, karjui:

– Tyttö! Karkuun! Keittiöön! Selitän myöhemmin! Sano Penalle, pääkokille, että Lörde käski! Muu henkilökunta jatkaa! Minä hoidan Lankiset!

Komeanenäinen, keskikokoinen mies seisoi Lankisen edessä, katsoi suoraan toista silmiin, ei räpäyttänyt omiaan, kun sanoi rauhoittavalla, matalalla äänellä:

– Paikka. Tässä talossa huudan vain minä. Minulla on toimeksianto. Varaamanne nimikoitu pöytä odottaa Villa Haikossa, ei täällä.

Hölmistynyt Lankinen katsoi suu auki alaviistoon.

– Paikka, kuiskasi Lörde.

Tuumataanpa hetki poikalasta, jolle on siunaantunut syntymälahjana muista poikalapsista poikkeava nenä, huomattavasti isompi, tuolloin tilanne saattaa kehittyä nk. Pinokkio-syndroomaksi. Miten isonenäisestä, kiusatusta pojasta voi kasvaa hyvän itsetunnon omaava nuorukainen, modi, joka korostaa itseään? Vastaus on yksinkertainen, tarvitaan ongelman sisäistäviä terapeutteja, Ollia ja Pekkaa.

Lörde, potilas, kuului suorasukaisen, lähes tuntemattoman terapiakoulukunnan kasvattamiin poikiin akselilla Hakis-Kallio-Sörnäinen-Hermanni. Kyseisellä alueella perinteiset terapia-auktoriteetit joko puuttuivat tai kyseenalaistettiin, löytyi kuitenkin kaksi, iso poika ja tämän adjutantti.

– Pyrit Kauppasurkeeseen, luet maisteriksi. Kato, sulla on bisneskärsää, Pekka jeesaa tarvittaessa allokointimatikassa, niin iso poika neuvoi, kun opiskeltiin lukion vikalla luokalla. Siihen aikaan komeanenäisellä modilla oli ollut vielä ranskalainen pop-letti, päältä ja sivuilta lyhyt, takaa puolipitkä sekä tietysti kirjaillut buutsit.

Lankisen kohtaamisessa sovellettu toimintamalli juontui kaukaa kansakouluajoilta. Pojat, Olli, Pekka ja Lörde, tapasivat skolen jälkeen totutusti Flemarin ja Hesarin kulmassa, dallattaisiin Eltsuun urheilemaan. Sinä iltapäivänä Lörden klyyvari oli ollut huonossa jamassa, turvonnut ja vinossa. Dallattiin Lintsin ohi alamäkeä kohti rautatietunnelia, käännyttiin tunnelin jälkeen oikealle, dallattiin Eltsun pääsuoraa ja Olli opetti:

– Sulla on hurja luonne. Sä oot dorka. Ethän sä edes yletä lyömään isoa skloddia turpaan. Ei pulinoita. Joo, joo, iso skloddi sanoo, että sulla on stydi köli. Kato, sulla on, mutta jalo, roomalainen klyyvari, oot ylpee, näytä köliä, tuijota, nujerra katseella, älä raivoo, kuiskaa, se viestittää ylivoimasta. Tuijota, älä räpäytä, se, joka räpäyttää on luuseri. Säästä rystysiä ja köliä. Hyökkäät skrodejen kimppuun, sä oot dorka. Testataan. Pekka dumaa. Mitä Pinokkio?

Pojat pysähtyivät. Eltsun urheilukentän lauta-aita ja sisääntuloportti idän suunnasta toimivat kulisseina. Tuijotettiin. Pekka dumasi, iso poika toisti:

– Mitä Pinokkio? Tuijotettiin. Pekka vihelsi, sanoi:

– Olli studas. Räpäytti. Hyvä Lörde! Älä nosta nyrkkejä, vain tuijotus! Olli on oikeessa, oot ylpee, nujerrat katseella, sulla on kyrpää, jalo, roomalainen profiili. Ei mikään Jerikosta vaeltaneen, isonenäisen kauppiaan rahareikänenä. Oot Cicero, ei Ciceron tarvinnut haistella fyrkkaa, keisareilla riittää. Ei yhden klyyvarin takia kannata aloittaa sotaa. Olli. Lausuiko Cicero Rooman senaatissa kuolemattomat sanat: ”Mielestäni Karthago on hävitettävä.”?

Puolisen tuntia aikaisemmin Corolla oli koukannut Lahden moottoritieltä Porvoon moottoritielle. Alkumatkan Helsingin Kampista kuski oli miettinyt ”Skidiä”, jonka kautta oli tutustunut Saksan suulähettiläspariin, ystävystynyt. Joskus käy niin, että kohdatessaan vieraita ihmisiä kohtaaja, puhuessaan pöytäseurueessa, kokee tuntevansa vieraat ihmiset.

Saksan suurlähettiläs soitti maaliskuussa:

– Tarvitaan apua. Järjestämme kesäjuhlat Haikossa, toimikauteni päättyy. Osa vieraista kuuluu vaativiin, tärkeisiin ihmisiin, vaikuttajiin, tiedät kyllä. Ingrid ehdotti sinua erotuomariksi, varaudumme kukkotappeluihin. Suostutko?

– Mielelläni. Meilatkaa tai faksatkaa ajoitus, vieraslista ja erityistoiveet.

10.1

Helsinki, Kamppi.

Uuden, uljaan, taivaita hipovan kerrostalon kattohuoneisto.

Vielä samana iltana, kun Saksan suurlähettiläs oli soittanut tulevista kesäjuhlista, Lörde löysi kotona Kampissa kodinhoitohuoneeseen sijoitetusta faksista siihen lähetetyn, alustavan vieraslistan, havaitsi listassa Pekan nimen. Nimi herätti joukon filosofisia ajatuksia:

– Skidi, jengin nuorin. Fyysikko. Rajaton mielikuvitus. Ei Ollikaan olisi Olli ilman Pekkaa? Olisinko minä minä ilman Ollia ja Pekkaa? Tuskin, mietti komeanenäinen mies, käydessään läpi vieraslistaa olohuoneen sohvalla.

Aila tuli makuuhuoneen ovesta, sulki sen varovasti, nosti etusormen huulilleen, istuutui Lörden viereen, kuiskasi:

– Santeri nukahti. Mitä luet?

Lörde kietoi vasemman kätensä Ailan harteille, ojensi faksin oikealla kädellään vaimolleen:

– Hyviä uutisia.

Vaimo luki, ilahtui:

– Pekka on kutsuttu, toivottavasti vahvistaa ja toivottavasti kukaan ei enää koskaan joutuisi kokemaan vastaavaa. Aikakin parantaa syvät haavat hitaasti. Ristiäisissä Pekka palasi hetkeksi Pekaksi. Mietitään kummisetien lahjoja, niin piristymme. Pekka toi polkuauton, kyljessä luki kaunolla "Santeri". Toope, menit paljastamaan nimen etukäteen. Siunaan kuitenkin hienon ideasi suurempaan joukkoon kuulumisen tunteen tärkeydestä menetyksien jälkeen, vain pappi päivitteli erikoista sattumaa. Olli toi kauko-ohjattavan kauhakuormaajan ja ison kuorma-auton, Volvon. Kumpikin pojista tarvitsisi perheen, niissä leikittäisiin...

Hihitettiin, silti kumpikin oli huolissaan Pekasta, joka oli menettänyt kaikki lähiomaisensa edellisenä syksynä ja muuttunut poissaolevaksi, vältellyt seuraa. Aila keräsi yhteen moneen kertaan puolen vuoden aikana pohditut lauseet:

– Ei Antti-enot tee itsemurhia. Näin teeveessä monta kertaa Antin, komea, vitaalinen mies, pursui suunnitelmia. Ruumista ei löydetty, löytyy vain venäläisen retkeilijän kuvaus: "Hyppy kalliolta pää edellä suohon." En usko. Pian perään tuli toinen isku, palatessaan Kuusamosta, tapahtumapaikalta, Pekan vanhemmat kuolivat selvittämättömässä auto-onnettomuudessa, törmäys suoralla tiellä siltapilariin. Miksi Pekka oli juuri ne viikot jossain Mainen vuorilla? Puhelin mykkänä? Olisiko Pekkakin muuten tapettu? Olli sai Pekan ensimmäisenä kiinni, ei kertonut "onnettomuuksista", vaan meni vastaan lentoasemalle, vei Pekan Tehtaankadulle ja kertoi. Onneksi on Olli.

Porvoon moottoritietä itään köröttelevä Corolla tyytyy edellä ajavan karavaanarin valitsemaan leppoisaan matkavauhtiin.

Joskus on hyvä hellittää, unohtaa loputon kiire eteenpäin, kannattaa vaikka pysähtyä ja palata ajassa taaksepäin hetkiin, jotka syntyivät edellisistä johtaen seuraaviin, sillä jokainen itse koettu tarina koostuu takautumista sisältäen parhaimmillaan onnen murusia. Ne muruset muuttavat arjen harmauden väreiksi.

Corollan kuski ei uskonut ihmeisiin, ei tabuihin, ei sarjaan sattumia, vaan logiikkaan, ja loogisesti tarkasteltuna Lörde ei olisi ehkä koskaan kohdannut Ailaa ilman Pekkaa, mikä johtui Ollista, tai oikeastaan tapaaminen johtui poikakööristä, tai sittenkin viime kädessä Kaman faijasta, joka oli duunissa Koffilla, jakelupuolella, koska siitä syystä Kivinokan Kesä-Villan maakellariin oli ilmestynyt kaksi koria keppanaa, niistä toinen tullattaisiin. Lörde naurahtaa, oivaltaa loogisen ajatuskulun huteruuden, sillä tietenkin syy-seuraus-suhde johtui siitä faktasta, että Aila asui Kuliksessa ja kööri skabasi perinteisen Kulossaaren läpiajon fillareilla matkallaan Brahiksen kentältä Kivinokkaan, mahdolliset irtiotot tehtiin Kulosaaren sillalla. Kesä-Villalla, Hertsikan kupeessa, pidettäisiin pannari-olut-festarit.

Kiireisiä ihmisiä kiiltävissä autoissaan vilahteli vasemmalta Corollan ohi, jotkut ihmiset saattoivat säälivästi vilkaista vanhan auton kuskia tietämättä, että komeanenäinen mies ajoi kuuluisaa "Kilpuria", vanhan auton konepellin alla Weberin kaksoiskaasarit odottivat kärsimättöminä käskyä, joka annettaisiin kaasupolkimella. Corollan kuski oli edistynyt takautumissaan edelliseen syksyyn. Lörde oli täysin varma, että jollain tavalla Pekan Antti-eno edelleen eli, vaistosi sen Pekan ihmeparantumisesta Tehtaankadulla.

Tehtaankatu.

Kolmas päivä Pekan paluusta USA:sta.

Olli soitti:

– Tuu jeesaan. Skidi pitää toimittaa lasarettiin, soitat paikan päältä yksi-yksi-kaksi, selän takaa me ei koskaan hoideta asioita, mä en voi, mä en vaan voi, Skidi on vielä järjissään, kukkakeppi uhkaili:

– Olli, jos soitat lihapojat, niin otetaan nenänniistokilpailut, sä häviit, hyppyrinokka niistetään alhaalta ylös ja sä oot pitempi kuin minä. Voi vitut, se väittää miettivänsä kolmatta, ratkaisevaa päivää, ei se mitään mieti, tsiikaa idioottina kattoa päivätolkulla. Ei suostu skruudaamaan, ei halua juoda, väkisin pitää juottaa. Tuu! Hätätilanne!

Lörde oli lähtenyt heti, pelästynyt perillä. Pekka makasi kalsareissaan olohuoneen sohvalla kalpeana, silmät kiinni. Olli kuiskasi:

– Soita, se futaa kohta.

Lörde kaivoi kännykän taskustaan. Olli ravisti Pekan hereille, sanoi:

– Lörde soittaa kyydin. Niistetään perillä.

Pekka katsoi Lördeä, kysyi:

– Kannattaako riskeerata? Sä oot vanhin meistä, kauppamiehiä. Täytät ekana kolmekybaa. Tehdään diili. Ostan lahjaksi kolmekymmentä Laku-Pekkaa, tilaan Fasulta tuoretta, laitan pötköt sikarilaatikkoon, havannalaiseen. Muista style, kun noukit pötkön laatikosta peukalolla ja etusormella, nuuhki, kuljeta pötköä kärsän editse hitaasti, puret pakkauksen auki...

– Turpa kiinni! Terve kuin pukki, huusi Lörde!

Potilas nousi istumaan, ravisteli päätään:

– Heitättää ja hiukoo. Puen. Lähdetään. Kiitos pojat. Ollin pöperöitä ei tullata. Ensin Kauppatorille, lihistä ja kahvia, siitä Kauppahalliin, pari kiloa sivua paksuina siivuina, seuraavaksi Torniin, keittiöön, röstiperunat ja läskisoosi. Pojat piikki on auki, mä oon nero, mä keksin sen.

– Minkä, kysyi Olli?

– Elä, älä jätä yhtään päivää väliin, opetti äiti ja varaäiti oli samaa mieltä.

– Mikä vitun varaäiti? kysyi Olli.

– Opettaja Ammer. Liian monimutkainen juttu sulle.

Tehtaankadulla palattiin normaaliin päiväjärjestykseen.

Porvoon moottoritiellä, Söderkullan suoralla, karavaanarin perässä köröttelevä Corolla vilkuttaa vasemmalle, siirtyy ohituskaistalle, muuta liikennettä ei näy, ei edessä tai takana. Corollan kuski painaa mielestään kaasupoljinta hillitysti, tuntee, kuinka vatsa litistyy selkärankaa vasten, auton nopeus kiihtyy, nopeusmittarin viisari lyö tappiin, alkaa taipua... Komeanenäinen kuljettaja huutaa auton sisällä ”hiljennä” nostaessaan kaasujalkaa.

Corolla vilkuttaa oikealle, siirtyy sopuisasti rekkajonon hännille.

– Haikko pysyy paikallaan. Miksi kiirehtiä? Iso poika ei valehtele koskaan, se ei osaa. Olli ja Pekka kuuluvat perfektionisteihin, totesi Lörde.

Olli oli myynyt pari vuotta aikaisemmin ”Kilpurin” Lördelle taidokkaan ovelasti, siis puoliväkisin. Iso poika oli älykäs myyjä, hallitsi mielikuviin perustuvan markkinoinnin, jossa ostajaa viedään pässinä narussa.

Istuttiin Kappelin terassilla, oli törmätty sattumalta töiden jälkeen Akateemisessa, Espalla. Iso poika latasi yllättäen:

– Osta kilpuri, saat halvalla Suomen nopeimman Corollan, hankittu käytettynä, fiksattu uudeksi, arvokas yksilö. Kato, Pekka laski fyysikkona kuinka paljon kannesta uskaltaa hilpasta, irrotettiin kansi, vietiin Roverilla Otaniemeen koneenrakennusosaston työstökoneverstaalle, teekkarit hioi tasohiomakoneella kannesta tuhannesosamillimetrin tarkkuudella oikean siivun. Kato, loppuviritys duunattiin Teekkarien Autokerhossa, Corollaan asennettiin Weberin kaksoiskaasarit, kato siksi, ettei kone leikkaa kiinni.

– Paljon se muka kulkee?

– Ei kukaan tiedä. Kato, nopeusviisari lyö tappiin, menee luokille. Ainoa ongelma on nopeuden hidastaminen. Ohjekirjan mukaan autolle pitää aina ensin sanoa "hidasta" tai "pysähdy". Teekkarihuumori on tunnetusti köyhää. Itse noudatan ohjekirjaa siksi, että kilpuri kuuluu interaktiivisiin tuotteisiin, kaksi vaihtoehtoa, joko "helvetin lujaa" tai "ei lujaa", snaijaat, kun tartut puikkoihin. Muista painaa kaasua hellästi.

– Enhän mä oo mitään ostanut! Kusetat. Mikä siinä on vikana? Ei kukaan trokaa timangia alle torihinnan?

Iso poika oli näyttänyt loukkaantuneelta ja hämmästyneeltä Tintiltä, jenkkitukasta vain etutöyhtöpyörre törrötti kunnolla pystyssä, niin se oli aina törröttänyt. Ison pojan pää vaikutti nuppineulan pallukalta suhteutettuna voimakkaaseen ylävartaloon. Kasvot, Ole-Gunnar Solskjärin, Manun laitahyökkääjän lapselliset kasvot tunkivat Lörden mieleen. Kun norjalainen ilmestyi ensimmäisiin harkkoihin, niin manageri, Sir Alex Ferguson, oli neuvonut:

– Junnujen harkat pidetään junnujen harjoituskentällä.

Lörde näki edessään syvästi loukkaantuneen "Ole-Gunnarin", liennytteli:

– Sori. Loukkaannuit. Kerro syy, miksi luovut timangista?

– Ai. Miksi? Oot sä dorka, etkö tunne kaupungin uutta järjestyssääntöä?

– En.

– Kelataan alusta. Kato, Corollaa ei voi myydä ulkopuolisille, liikaa tunnearvoa. Sä kuulut palettiin. Kilpuri romutetaan, ei kelpaa arvon herroille. Pekkakaan ei osta kunnon ajopeliä RämäRoverin tilalle.

– Rover on huippukunnossa, väitti Lörde.

– Joo. Kato, sun mielestä. Mittaria kuin lentokoneessa, ei vaan lähde lentoon, kun painat kaasua, niin vee-kutonen hörppää, fundeeraa, Corolla lähtee heti lentoon...

– Miten se järjestyssääntö liittyy myyntipäätökseen?

– Ai! Miten? Meitsillä on asukaspysäköintitunnus, kaikilla muillakin on. Vapaat paikat muutettiin pääosin maksullisiksi. Kaupunki tarvitsee rahasi, matematiikkaa, asukaspysäköintitunnuksia on myönnetty paljon enemmän kuin luvan oikeuttamia paikkoja on varattu. Vihertää niin vitusti. Vain tekovihreillä tädeillä ja satusedillä on varaa maanalaisiin parkkipaikkoihin, sijoituskohteisiin, kato, tuotto on taattu valtuustossa omalle konsortiolle. Kato, tekovihreä, lihava täti lentää vähän väliä exclusive-business-luokassa köyhien piikkiin, kerosiinia palaa, saastutetaan niin vitusti, lennetään kokouksesta toiseen, koskaan ei päätetä mitään, vaan väsätään tai mulkataan kilpaa korulauseita, julkilausumia tai päätöslauselmaehdotuksia, ei koskaan sellaisia, että olisi kiva, jos kaikilla maailman ihmisillä olisi pari maanalaista parkkipaikkaa ympäristön vuoksi, kato, mersut, ostoskassit, pysyisi piilossa...

– Hellitä, iso mies! Sä oot katkera, kontrolli pettää. Menee kohta sedät ja tädit sekaisin. Et oo sattumalta huomannut, että osa vihreistä tädeistä on kuikeloita. Oletan kuullun perusteella, että Tehtaankadulla asuu vihreitä?

– Hyvä Lörde. Sä oot nero. Joo, sillä on naapurirapussa sijoitusasunto parkkihallipaikkoineen. Minä taas olen varaton virkamies. Aamulla sompailen Pasilaan, ei löydy parkkipaikkaa, paitsi rahalla. Palaan duunista, sama loru. Menee hermot. Sinä muutit Kamppiin, sulla on maan alla parkkipaikka, tyhjä. Sä oot isopalkkainen pomsa, pomsa tarvitsee nopean ajopelin. Pelasta Corolla!

Lörde oli pelastanut.

10.2

Corolla kääntyi Haikkoontielle. Kuski vilkaisi auton kojetaulun kelloa, päätti käväistä ennen Villa Haikkoa kartanossa moikkaamassa Penaa, pääkokkia, Fleminginkadun römeä-äänisintä kasvattia. Istuttaisiin keittiön palleilla, palattaisiin toviksi kultaiseen nuoruuteen. Pena kertoisi sen saman tarinan, ei lisäisi mitään, ei poistaisi, ainoastaan toistaisi, kuitenkin tarinan rytmi muuttuisi, kertojan kädet eläisivät hellemmin, hyväilisivät menneisyyttä, muodostuisi sarja kuvia, kuvasarja heräisi henkiin, kerta kerralta syntyisi edellistä esityskertaa kauniimpi elokuva.

Se sama tarina aloitettuna uudella tavalla. Pena kertoo römeällä, luottamusta herättävällä äänellään, naputtelee samalla huomaamattaan sormenpäillään pöydän pintaa:
– Oli ne aikoja. Selvittiin. Olli teki puolestani uravalinnan, enkä ole ainoa. Sinähän saattaisit olla ilman Pekkaa naimaton mies. Olli väittää, että loppupeleissä ratkaisee lapsuudessa koettu, psykologinen viitekehys, rupean pääsemään hissukseen jyvälle. Kelataanpa hetki sitä kesää, kun oltiin kuusitoista, vain Skidi, Pekka, oli viisitoista. Sinä kesänä lapsuus loppui, viimeiset pannari-olutfestarit Kivinokassa muodostuivat käännekohdaksi. Tavattiin Brahiksen kentällä, skabattiin perinteinen Kulosaaren läpiajo Herdekaan Kaman vanhempien siirtolapuutarhamökille. Olli yritti irtiottoa ekassa kunnon ylämäessä Kaasukellon jälkeen, siinä noustaan sillalle, vain Skidi sinnitteli ison pojan peesissä. Oli so-

vittu, ettei imuteta turvallisuussyistä sinisiä busseja. Sillalla blosasi kunnolla vastaan ja Pekka koukkasi Ollin takaa straadalle rekan imuun, imutti koko sillan, sillä oli reilu keula Olliin, kun Skidi siirtyi takaisin pyörätielle ja alkoi nousta saareen. Jengi näki kaukaa, kuinka Skidi rojahti stongalle, ketjut spragasi, varmaan kirpaisi munista. Iso poika pysähtyi Pekan luona, tulin paikalle seuraavana, kuulin Ollin opettavan:

– Sininen bussi tarkoittaa vaikka Viipurin Nopeaa! Nuija, pelleilee hengellään, riittää, että stadin nopein kukkakauppalähetti, Ykä, kaatui ja delasi! Nuija, skujaa potkulautaa ja pärrytä perkeleesti, ehkä vauhti kiihtyy. "Opportunisti! Nähdään mökillä! Tsau!" Iso poika klaarasi skaban ylivoimaisesti, odotti mökillä, rähjäsi: "Idiootit! Maitotölkit piti eilen illalla jättää maakellariin! Ei mökin pöydälle! Litratolkulla hapanta maitoa! Yhtään keppanaa ei korkata ilman pannaria! Pitkää sylkee ei heitetä!" Minä tulin toiseksi, sinä kolmanneksi. Odoteltiin Pekkaa. Jälkiviisaina tiedämme, että Skidi skujasi potkulautaa Kuliksen Varikaan, eikä se onneton tiennyt, miten sana «ketjulukko» tavataan ruotsiksi. Kauppaan tuli sievä tyttö, Aila, paskaset ketjut roikkui Skidin kaulassa, joten Skidi saattoi demonstroida puuttuvaa osaa. Aila oli sanonut, että sen faijalla oli autotallissa lokerikko pienille, tärkeille osille. Siis merenrantahuvilan autotalliin, löytyi ketjulukko ja Aila. Muistat varmasti, kun Skidi saapui gimman kanssa, muuttui marttyyriksi, skulasi kuuromykkää. Tyttö katsoi sinua. Yhdestä maagisesta katseesta muutuit kulosaarelaiseksi. Monet muutokset alkoivat siitä kesästä, seuraava kului lähes kaikilta kesäduunissa. Sori, mutta kukaan paletista ei vieläkään ymmärrä, miten sun klyyvarilla hurmataan nätti gimma? Kerro salaisuus.

– Oletko koskaan huomannut, että silmät ovat kahden puolen nenää? Jatka asiasta, älä vierestä!

– Iso poika organisoi systeemin. Minut määrättiin kokiksi. Sinä, Aila ja Kama keräsitte nokkosta ja muuta myrkkyy. Skloddit plokkasivat kuivaa oksaa ja pilkkoivat ne. Tervettä partiolaiselämää. Olli lämmitti puuhellaa. Skidi ei tehnyt mitään, istui pöydän ääressä tuppisuuna. Se luuli, että olisi voittanut skaban ilman välinerikkoa. Niinhän asia ei suinkaan ole, sillä Olli ei koskaan näytä koko voimaansa. Se on isähahmo, kannustaja, eikö se sanonut sullekin, että sä meet Kauppakorkeeseen?

– Joo. Olli kouluttaa, joskus mietin, että meitä odottaa jokin missio, jossa tarvitaan eri alojen taitajia. Ollilla on potentiaalia, voimaa ja viisautta, miksi iso poika jeesasi tavallisia tallaajia?

– Veikkaan, että avainsana on rehellisyys, voit olla vaikka kuinka tyhmä, jos olet sitä rehellisesti.

– Hyvä Pena, noin se menee. Ootas, minua kuultiin käräjäoikeudessa todistajana, Olli toimi syyttäjänä, eikä syyttäjä kertaakaan sanonut "meitsi" tai "kato", ne sanat on tarkoitettu tyhmille rehellisille. Pena, sä keksit sen. Ei ole olemassa tyhmää, viisasta tai ovelaa rehellistä, ainoastaan oikea rehellinen. Niin se on, Pekkakin väittää, että oikea intiaani astuu vielä ulos skutsista. Ollin vaikutuksesta moni paletin jäsenistä pohtii ahneutta. Ehkä missio liittyy ahneuteen? Jokin tarkoitus luuraa taustalla. Paletin jäsenet ovat klaaranneet henkisesti ja fyysisesti reilusti yli normaalijakauman, mikä merkinnee tilastollisesti tarkasteltuna merkittävää poikkeamaa. Kerro vielä festareista.

– Laitanko romantiikkaa? kysyi Pena.

– Et. Kerro tunnelmasta. Älä lisää, älä poista.

– Vanhassa puuhellassa kohosi kaksi pannaria. Olli, oikea intiaani, sääteli tulta risuilla ja oksilla. Ahneet istuivat pöydän ääressä, osa niistä oli ovelia, siis viisaita...

– Heh, heh. Vääntämistä. Osuit kuitenkin naulan kantaan, Olli on melkein "oikea intiaani". Käsite liittyy synnynnäiseen oikeamielisyyteen, oletan niin. Pekan edesmennyt esikuva, Antti-eno, aloitti oikean intiaanin etsinnät ja Pekka jatkaa. Kerro tunnelmasta, loppuhuipennus puuttuu.

– Sellaisia pannareita, savustettuja ja meheviä, saa vain kerran elämässään. Mässäiltiin, dokattiin Kaman faijan keppanat. Skulattiin mahdollisimman tekosiveitä kulinaristeja. Henkka yllätti muut sanoessaan pikkurilli pystyssä: "Piparjuuren maku tunkee syvältä matkallaan kotiin..."

Lörde kuunteli, muisti jokaisen repliikin, muisti vilkaisseensa vähän väliä vieressään istuvaa Ailaa. Syötiin ulkona jykevän hirsipöydän ääressä, pöydän alla kädet kohtasivat. Penan kertoma tarina loppuisi. Pannarin maku unohtuisi. Käsi jäisi. Pena lopetteli:

– Olli sanoi meikälle: "Oot kyky. Järkkään koulutuksen, aloitetaan ranskalaisesta keittiöstä. Minä vedän Ranskalaisen Yhteiskoulun köksäkerhoa. Tervetuloa. Se on jämpti niin." Perinteisesti fillariskaban voittaja kuittasi viimeisen santsipalan. Kuinkas kävikään? Marttyyri kävi plokkaamassa vikan siivun. Iso poika, legenda jo kakarana, asetti räpylänsä pöydän alle, nosti hieman, siirsi pöytää, Skidin lautanen ilmestyi Ollin eteen. Skidi sohi tyhjää haarukalla ja veitsellä...

Lyhyellä ajomatkalla kartanosta merenrantaan, Villa-Haikkoon, Tornin toimitusjohtaja ehti käsitellä mielessään montaa asiaa aloittaen tärkeimmästä. Elämä oli alkanut Kivinokassa yhdestä katseesta. Penan tarina eli, jatkui. Vielä samana iltana Lörde tapasi Ailan uudestaan Kulosaaren Varubodenin edessä, eikä komeanenäinen modi ollut koskaan nähnyt kauniimpaa gimmaa. Pyöräiltiin Kivinokkaan, paikkaan, missä elämä alkaa... Ison pojan paletti sisälsi kaikki värit, koko kirjon, jokaisella paletin sävyllä oli oma tahto. Poistuessaan keittiöstä kartanon ruokasalin puolelle Lörde oli kuullut taustametelin yli rouva Lankisen raivostuneen äänen:
– Ei edes varattua pöytää meille! Itsepalvelu! Huoltoasematasoa! Minä annoin mieheni sihteerille ohjeet! Heitukka saa potkut!”
Corollan kuski hymähti Lankisten symbioosille, herra oli nostettu päätösvaltaisiin asemiin ja kotirouva käytti päätösvaltaa. Tornin toimitusjohtaja tiesi huhupuheiden perusteella uudesta bulvaanieliitistä, ei paljoa, kuitenkin jotain, päteviä, koulutettuja ihmisiä korvattiin ”yhteiskuntasuhde-eksperteillä”, tiedottajilla. Saksassa asuva suomalainen suurliikemies rakensi Suomeen bulvaaniverkostoa, joka palkitsi itseään ristiin junttaamalla hyvätuottoiset, päätösvaltaiset hallintoneuvostopaikat valitulle, suppealle joukolle, tiedottajille. Valta keskittyisi. Yksi tahto ostaisi, ohjaisi, alistaisi myytävissä olevat tahdot... Väitettiin, että operaation kummisetinä toimivat Hyvät Veljet, äkkirikastuneet miehet, jotka olivat to-

teuttaneet viitisen vuotta aiemmin koetun Suomen yksityisen superlaman.

Corolla pysähtyy Villa Haikon parkkipaikalle. Autosta nouseva vakavanoloinen mies loihtii kasvoilleen sovittelevan tekohymyn. Mies joutuisi vastaamaan joidenkin tärkeilevien päivällisvieraiden kysymyksiin:

– Miksi meidän pöytämme on noiden takana? Lörde hymyilisi, sovittelisi:

– Siellä ihmetellään, että teidän pöytänne sijaitsee orkesterikorokkeelta katsottuna heidän pöytänsä oikealla puolella...

Lörde tiesi, että tapaisi Pekan, toivoi, että komea, mustapartainen mies olisi jo paikalla, istuisi yksin pöydässä omissa ajatuksissaan. Takaiskujen jälkeen Pekka oli muuttunut hiljaiseksi, kehittänyt hupenevan seurustelukiintiön. Lörde yllättäisi Pekan, siksi autosta nousseella miehellä oli toisessa kädessään vanha, parin litran vetoinen teräskannu ja toisessa pakkaus Saludoa. Tornin kymppi tsekkaisi, että Pekka oli saapunut, kävelisi Villa Haikon keittiöön, moikkaisi tuttuja, valmistaisi itse reilun annoksen saksalaista peruslattea, näyttäisi keittimelle Saludopakkausta, avaisi pakkauksen, ripauttaisi suodatinosaan hivenen purua, kaataisi litran täysmaitoa keittimen nestesäiliöön, ohjelmoisi laitteen ja odottaisi. Lopuksi lattetaituri kaataisi kuuman litkun teräskannuun, köyhien kahvikannuun, tarjoilisi Pekalle ja itselleen mukilliset vaaleanruskeaa nestettä lattena...

Ajatus oli syntynyt muutamaa viikkoa aikaisemmin Tornissa. Tavattiin sovitusti, Olli, Pekka ja Lörde, syötäisiin läskisoosia, kelattaisiin mennyttä ja uutta, ehkä palattaisiin hetkeksi Kivinokkaan, sitä Lörde toivoi, harvoin toive kuitenkaan toteutui. Tapaamisissa Tornissa tehtiin lähes säännöllisesti Ollin ja Pekan pyynnöstä aluksi kierros keittiöissä, niin viimeksikin. Etsittiin lapsuuden tuoksuja, jokainen sitä itselleen tärkeää, mikä synnyttäisi kuvan, kuva heräisi henkiin, äänimaailma avautuisi, siitä Lörde oli satavarma. Kierroksen lopuksi oikaistiin astiavaraston kautta. Pekka havaitsi ylähyllyllä vanhan teräskannun, määräsi:

– Tauko paikalla! Respektiä ylähyllyn teräskannulle! Olen kertonut kokemuksistani turkkilaisena valajana, mutta unohtanut kannun voiman. Aamukahvi muuttuu kannussa voimalateksi. Saksassa nautitaan joka aamu pari mukillista voimajuomaa, ikivanha resepti kuulostaa yksinkertaiselta, uusimmassa versiossa tyhjiöpakattua kahvipakkausta näytettään täysmaitotölkeille, tapahtuu tutustuminen, sitten maito lämmitetään, lisätään pieni liraus kahvia maitoon värin vuoksi, juoma kaadetaan teräskannuun ja tapahtuu ihme. Juomasta saa valtavasti voimaa, jaksaa kiivetä vaikka vuorelle. Pojat, Saksan talousihme ei johdu Marshall-avusta, vaan voimalatesta. Kerron esimerkin. Turkkilainen valaja töppäilee viikonloppuna kaupungilla. Maanantaiaamuna bundespolizei lukee raportin, hörppää samalla pari mukillista voimalattea, rientää tehtaalle kuulustelemaan valajaa. Turkkilainen on juonut oman aamulattensa turkkilaisten ruokailutiloissa ja siellä on suurin teräskannu, jonka olen nähnyt. Tehokasta, poliisi jaksaa kuulustella työtään uurastavaa valajaa, joka jaksaa muistaa ei-muistavansa mitään...

Olli oli keskeyttänyt, kysynyt:

– Jaksoitko kiivetä vuorelle?

– Jaksoin.

Lörde ei ollut ymmärtänyt vuori-vertausta, kunnes Pekka kävi kesken ruokailun kusella. Olli selitti Olli-maiseen tapaansa:

– Pekan palattua aikoinaan Saksasta Suomeen lähdettiin seuraavana päivänä viikon kalareissulle Konneveden taimenkoskille, sain ensimmäistä kertaa harjuksen, ison. Selkäevä kelpaisi purjeeksi. Pekka puhuu tietämättään unissaan. Ekoina öinä juttua riitti kuin Runebergillä. Säilytän intimiteettisuojan. Vuori tarkoittaa naista, joko nainen muuttuu vuoreksi tai vuori naiseksi, varsinaista Twin Peaks -draamaa. Tarjoa Runebergille joskus teräskannusta köyhien maitokahvia, kysy naisesta, niin Runeberg ryhtyy jauhamaan paskaa kattauksen vaikutuksesta makuun. Testasin parina aamuna.

Lörde testaisi, kysyisi naisesta, arvasi etukäteen informoituna Pekan kohteliaan vastauksen:

– Kiitos. Maku johtuu kannusta. Onnistunut kattaus.